地下鐵碰着 妳 我 他

BY MOVING DRAWING
雷焯諾

萬里機構

雷焯諾 Charlotte Lui

2019 年畢業於香港浸會大學視覺藝術學院，
2021 年創立 Moving Drawing，透過觀察香港
街道的人和事，以輕鬆筆觸畫成幅幅插圖，一
方面記錄香港人每一天、每一年的轉變，並寄
語大家把每天當作「今天是最好一天」，而且
即使身在不同地方，也能回味香港生活的點
滴。

Instagram: @moving_drawing

推薦序

You are about to embark on a whimsical journey through the vibrant streets, bustling markets, and unique skylines of Hong Kong, all from the comfort of this book! This is not just any journey, but one that is brought to life by the enchanting, and sometimes whacky illustrations of a quirky local artist known as Moving Drawing.

You are probably wondering, "who is this Moving Drawing?" Well, she is a bit like a superhero, but instead of a cape, she wields a sketchbook, a set of coloured pencils and an Instagram account. And instead of fighting crime, she captures the essence of life in Hong Kong with her art. She started her artistic journey on public transport, sketching unsuspecting commuters, the occasional sleeping employee and even the hard-working cleaning staff keeping the stations in tip top condition.

But soon her canvas expanded beyond the confines of the MTR. She began to draw everywhere, from the towering skyscrapers to the humble noodle stalls tucked away in the narrow alleyways. She drew the old man practicing Tai Chi in the park at sunrise, the young couple sharing some fish balls in the neon lights, to the unsuspecting tourists at the art exhibition. Moving Drawing's work is a delightful blend of reality and fantasy, a kaleidoscope of colours and emotions that reflect the heart and soul of Hong Kong. Her illustrations are like a love letter to the city, capturing its unique charm and energy in a way that words simply cannot.

It's time for you to dive into this book and experience Hong Kong through the eyes of Moving Drawing. I promise you, it's going to be as exciting as a tram journey through Central, and as soothing as a ride across Victoria Harbour on the Star Ferry.

Enjoy the ride, and if you find a sketch of a bewildered individual sleeping on the MTR, it's probably me. Moving Drawing has a knack for capturing people in their most unguarded moments, but don't worry she always makes us look good!

@mtrsleepers

（中譯）

您即將通過這本治癒的書，開展一段異想天開的旅程，穿越香港充滿活力的街道、熙熙攘攘的市場和獨特的天際線！這不僅僅是一趟普通的旅程，而是由一位名為 Moving Drawing 的本地藝術家，用她迷人而有時古怪的插畫，所帶來栩栩如生的經歷。

您可能想知道「Moving Drawing 是誰？」嗯，她有點像超級英雄，但她沒有披風，而是揮舞着素描本、彩色鉛筆，並主理一個 IG 賬戶。她不是去打擊犯罪，而是以她的藝術去捕捉香港生活的精髓。她在公共交通工具上開始其藝術之旅，素描無聊的通勤者、偶爾睡着的員工，以至是辛勤工作、保持車站處於最佳狀態的清潔人員。

但很快，她的畫布超出了地下鐵的框框。她開始到處畫畫，從高聳的摩天大樓到隱藏在狹窄巷弄中的樸實麵檔。她畫出黎明時分在公園練習太極的老人，在霓虹燈下分享魚蛋的年輕情侶，甚或是在藝術展覽會中的遊客。Moving Drawing 的作品美妙地融合了現實與幻想，是反映香港心靈與靈魂的色彩和情感的萬花筒。她的插畫就像寫給這座城市的情書，以文字無法表達的方式捕捉其獨特的魅力和能量。

現在是時候沉浸到本書當中，透過 Moving Drawing 的眼睛體驗香港。我向您保證，這將像乘坐電車穿越中環那樣令人興奮，又像乘坐天星小輪穿越維多利亞港那樣舒適。

好好享受這趟旅程，如果您發現一個困惑的人在港鐵上睡覺的素描，那可能是我。Moving Drawing 擅長捕捉人們最放鬆的時刻，但不用擔心，她總是讓我們看起來很美！

@mtrsleepers

自序

在 2023 年暑假，我收到出版社的編輯邀請，邀請我出一本繪本，收錄地下鐵主題的畫作，也希望畫作配合文字，述說與圖畫有關的小故事。

我在收到邀請的一刻，內心既感動又期待——出書是我其中一個夢想，沒想到那麼快可以實現。可是，人總是會懷疑自己，我是一位畫畫的人，可以寫文字嗎？

從小接受香港教育的我，被分數限制了自己做事的範疇，例如我的文憑試中文科只有 3 級成績，代表剛剛合格，因此總認為自己語言能力很差，寫不出甚麼文章。可是我在不斷懷疑之下，發現「自我懷疑」會變成人生的絆腳石，所以本着「不如試試」的心態答應了出書的邀請。我想起村上春村在《聽風的歌》的名言：「所謂完美的文章並不存在，就像完美的絕望不存在一樣。」提醒我們創作應該放鬆一點，正如我可以放鬆畫畫，寫文章亦然，不需要過分追求完美，因為它並不存在，這樣創作的心情也會放鬆一點。

當我接受這個挑戰後，決定改變自己的生活習慣。現在我的身份是全職創作者，除了商業插畫工作外，我還會教畫、策劃展覽、設計商品，不時擺市集為客人畫畫。其實我在

寫書之前，生活習慣已變得不太健康，每天工作到晚上 10:00，也慢慢開始不懂得感恩，工作變得很大壓力，睡覺時也在想「如何畫得更有趣呢？」，無法好好休息。

因此，休息是我成為全職創作者的重要課題，我慢慢地重拾早起早睡的習慣，早上 6:45 起床，到附近運動場跑步——擁有好的體魄才能應付一天的工作；而且在運動後，變得精神起來，寫文章才會流暢。所以我在這幾個月，由在地下鐵畫眾生相，慢慢變成用手機寫故事的創作人。

在此我很想感謝我的好夥伴雷暐樂，為我的繪畫網頁命名；moving 除了有遊走的意思，另一個含義是 moving forward，願我們可以繼續走下去——雖然我們不能改變甚麼，但我用畫本記錄香港瘋癲可笑的事情，讓大家每天笑一笑去面對這個荒誕的世界，不是更有力量嗎？

MOVING DRAWING

按：本書第一至九章內容以相片為靈感創作，但對白和情節均屬虛構，敬請讀者留意。

目錄

疲倦的上班族
Pei4 Gyun6 Dik1 Soeng5 Baan1 Zuk6

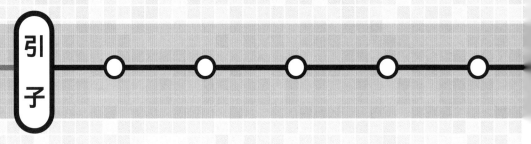

鬧鐘一響，要上班了！

每天早上都要把疲憊的身軀塞進擠得要命的地下鐵車廂中，疫症之下人人都蒙着臉，變成罐頭裏無數條一模一樣的沙甸魚，不！是鹹魚，dry 到不行，靈魂失去滋潤和彈性……

我想起畫室老師文百立先生的一句說話：「作為一位畫家，每天需要畫一幅畫。」於是我拿起畫本和筆，在車廂內做個另類的低頭族，畫下一幕幕荒誕的日常。

（這篇引子，可說是 Moving Drawing 的前傳，內裏幾幅畫都是我的一些早期作品，均以上班族的勞累生活為題，可見當時我的狀態也是 dry dry 地……）

這是你想要的人生嗎？
Ze5 Si6 Nei5 Soeng2 Jiu3 Dik1 Jan4 Sang1 Maa3?

每天早上，車廂中木無表情的上班族，呆呆的等待着列車前進，想吊頸而死卻死不了。我們的頸部快要拉斷，搖搖欲墜掛在扶手上，使人不能喘息。

我們的雙手只有手機，它好像身體的一部分，不能分割，每一刻都看着恒生指數上落，每一刻都要回覆老闆同事的信息。

這是你想要的人生嗎？

疲倦的上班族

在十萬個不願上班的早上，這天是月底最後一天，代表我必須找多十份保險單才能追到公司的最低要求。天呀！怎樣也無法做到！倒不如我把頸吊在扶手上就這樣離去吧。

旁邊一位 OL 也把頸吊在扶手，突然有東西從後勒着她的頸部，她在大叫三聲後，就沒有呼吸了。再有位職場新鮮人也被扶手的牙齒卡住，吊在車廂的半空⋯⋯

在早上 8:00 的車廂，沒有半點聲響，只聽到列車走過路軌的聲音。當時實行防疫措施，大家帶上口罩，靜靜地看電話。是因為發明智能電話後，我們所有空餘時間，也投放在電話中嗎？我們有多久沒觀察身邊的事物？

偶爾放下電話，才發現這空間只屬於自己。我合上眼睛，感覺到地鐵的涼風，聽着廣播員的錄音，等待着到達中環站。

這一天只屬於自己。

疲倦的上班族

「本車廂的重力已消除，乘客可以漂浮在半空中，請享受無重狀態。」

在 2050 年，香港地下鐵有限公司與美國國家航空暨太空總署聯合創造全球第一架無重列車。

當人與東西飄浮在半空時，原來會變得很渺小，你所擁有的東西也是身外之物。我們也不需要扶住柱子，任由身體在無重中漂流，好像壓力也通通拋諸腦後。

在地鐵做運動
Zoi6 Dei6 Tit3 Zou6 Wan6 Dung6

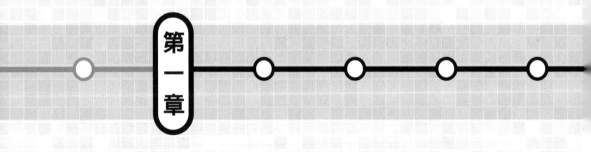

第一章

每天畫一畫，畫了200多天，地鐵裏仍然烏雲密佈。

有一天，朋友問我，你有看 MTR sleepers 的網絡圖片嗎？其實我由2015年，便開始看他們分享在地鐵裏遇見的趣怪場面：有人睡得不省人事，有人醉得東歪西倒，有人——在做運動？！

原來這個城市也不只有灰暗、沉悶的一面，更有愛的一面……Moving Drawing，開始！

隨時拉筋
Ceoi4 Si4 Laai1 Gan1

地鐵車廂做了一個新扶手，兩條弧形的柱貼在一起，中間有個橢圓形，除了讓更多人可以一起握扶手外，我想它還有另一個功能——可以讓我隨時拉筋！

站着站着，我的身體開始有點酸痛，先舉起雙手伸展一下，拉一拉背脊，又可以把雙手放在扶手上，身體微微地斜傾向後面，肩膀頓時放鬆！咦——旁邊的乘客也跟着我拉筋，做運動真的可以傳染。

接着，我很想把我的粗腿放在橢圓形的扶手上，前方的乘客應該看不到我的底裙吧，他們都在低頭看着手機。我用三秒三的時間把腳放上去—— Oh no！他們看到了，臉上流露出尷尬的眼神看着我，但我依然面不改容繼續拉筋。

過了一會，實在太尷尬了，我還是把腳放下吧。提提大家，今天別忘了做運動呢！

Photo by @moving_drawing

Photo by @moving_drawing

Photo by @9slololo

畫於 2022 年 7 月 18 日

在地鐵做運動

父子 Battle ！
Fu6 Zi2 Battle!

「阿仔，不如嚟一場 battle ！」

「玩咩先，老竇？」

「睇下邊個可以引體上升最耐，輸咗嗰個請食飯！」

「我會怕你咩，嚟就嚟！」

從兒子還小的時候，兩父子就很喜歡就地取材，有甚麼就玩甚麼，有時玩誰最快跑到車站，有時看誰可以用八達通用到剛剛好零蚊，這次爸爸跟兒子挑戰引體上升。

中午時分的車廂，坐滿乘客，也無阻兩父子的童心，在一聲開始下，兩父子同時把雙手放在扶手上，雙腳離地，身體向上升。旁人也放下手機，去觀察這場比賽。父親雖然有個大肚腩，但是手臂十分強壯，不費吹灰之力就把身體懸掛在扶手上。反觀兒子的情況令人擔心，他的身體不斷抖震，雙手開始沒力了。

「阿仔，睇嚟今餐要你請我食喇！我要食個超級無敵巨無霸！」

「哎，好喇！我真係無力，點解你可以支撐咁耐？」

「因為我⋯⋯大力！哈哈！」

笑聲伴隨着他們，乘客也笑起來，真的是對可愛的父子。

Photo by @moving_drawing

Photo by @jooooy.u

畫於 2022 年 11 月 23 日

在地鐵做運動

Physical 100 in MTR

昨晚我們在追看的 "*Physical 100*"，幾名強壯的男生在競賽中，看看誰可以用雙手握住鐵柱支撐身體，腳放下就代表輸了，而支撐最久的參選者，就是這個比賽的贏家。

那一晚我們心血來潮，趕上沒有乘客的尾班車，展開了一場 MTR Physical 100 的比賽。「一——二——三！」喊了三聲後，我們用雙手支撐身體，雙腳和身體連成一線……過三個車站後，雙手越來越震，漸漸發現沒有力氣，但是我們依然堅持着。

在月台候車的乘客也紛紛上前，有些為我們打氣，有些像嚇呆了的看着我們。漸漸過了一個小時，我們還是保持姿勢，乘客為我們鼓掌，比賽也變得不需要分勝負，我們都是贏家了。

Photo by @mtrsleepers

在地鐵做運動

畫於 2022 年 3 月 5 日

第一屆軟骨功比賽
Dai6 Jat1 Gaai3 Jyun5 Gwat1 Gung1 Bei2 Coi3

「各位觀眾，第一屆軟骨功比賽即將舉行，今次我們好榮幸可以移師到車廂進行比賽！」

「在車廂進行比賽，難度可是屬五星，參加者要在搖擺不定的空間，擺出不同的姿勢，更要維持三分鐘，真的少點功力也不行。就讓我們邀請參加者出場吧！有請有請！」

三位高僧走到車廂中間，他們相貌相似，應該是親兄弟。大哥先把頸部拉長，再把頭從胯下伸出來；而二哥把腳拉直後，放在門邊的扶手上，頸部拉長看着他們；而三弟也不甘示弱，後腿在地上伸展，而前腿放在頭上，形成一直線。

三位高僧的軟骨功功力深厚，連裁判也難以判斷出勝負，他們更維持了相當長的時間。裁判最後決定——打和！真的是可喜可賀！

Photo by @inner.sar

Photo by @inner.sar

畫於 2022 年 8 月 10 日

在地鐵做運動

武者境界
Mou5 Ze2 Ging2 Gaai3

師傅曾說過「武者境界，形神意會」，是一位習武之人最重要的精神，為了提升武藝，我和師弟千里迢迢走到大嶼山學藝，希望與武林高手互相切磋。

在長途跋涉的車程中，我由座椅坐到扶手上，躺下來稍作休息，師弟走上前用「氣」把我的前腿推向上，又慢慢地放下。「氣」不能用肉眼看見，但是你能感受到它的存在，師弟把「氣」傳給我，果然精力漸漸恢復了。

我們互相把「氣」傳給大家，可能是這種互動，讓我們有更大的力量與各大武林高手切磋！不一會兒我們到了東涌站，看到高手們也一個個下車。我們也站起來，滿有精力的走出車廂，迎接這次學藝之旅。

Photo by @mtrsleepers

畫於 2022 年 3 月 22 日

祈福疊羅漢
Kei4 Fuk1 Dip6 Lo4 Hon3

佛誕快到了，這次我們誠心祈求佛祖顯靈，希望可以為家母求福，讓她遠離病魔。我們四兄弟做了一個「特別版疊羅漢」，聽說只要夠誠心，佛祖是真會出現的！

我們四兄弟走入車廂中，大哥先向後傾，接着二哥把大腿放在大哥背後，三哥與小弟其後跟上。突然之間，有些鳥兒飛進車廂，牠們問我們為甚麼這樣做呢？我們說在等待佛祖顯明。但由藍田搭到黃大仙站，也不見祂的出現。

不知是不是鳥兒通風報信，佛祖突然在我們中間坐下。

佛祖用疑惑的眼神問：「為甚麼我在這裏？」在解釋後，佛祖給我們的孝心感動，家母的病痛也漸漸地消除了，感謝佛祖！

Photo by @mtrsleepers

畫於 2022 年 3 月 23 日

Moving Yoga

又是一個上班日的早上，我如常地由將軍澳站出發，當我正在候車的時候，我看到一位女生脫了鞋子，用雙手支撐身體，雙腳微微向上屈曲……她……是在做瑜伽嗎？為甚麼要在月台做呢？？？

接着她走入車廂中，做出另一個動作，先用雙手扶着柱子，用力支撐身體，頭往後仰，雙腳離開地面。我心裏想着，她是瑜伽老師嗎？能夠在任何地方也能做到瑜珈動作，真的令人佩服得五體投地！平日在地鐵沒有想到會看見的情景，竟然讓我看到！我馬上偷偷地拍下照片，與朋友分享。

在社交平台的傳發下，才得知她真的是一位瑜珈老師，我想她在任何地方也能做瑜珈，應該是一位 Moving Yoga！

Photo by @iamjuzchill

Photo by @iamjuzchill

畫於 2023 年 8 月 25 日

考試啦啦隊
Haau2 Si3 Laa1 Laa1 Deoi2

這天是公開試的首日，學生帶着緊張的心情乘搭地下鐵，希望準時到達考試會場。回想起一年前，我們也戰戰兢兢地開展第一天的考試日，既然如此，不如在緊張的車廂，帶給同學們一點鼓勵吧！我們走到其中一卡車廂，兩位朋友先倒掛在扶手上，打開雙手讓我坐下，我手上拿起啦啦球，一起大叫：「今屆考生加油，盡力考好就無悔了！」

不少考生走上前，向我們點頭微笑，又有考生拿起手提電話拍下我們。我們看到大家的支持，聲浪越來越大，途人也加入啦啦隊，就差沒有準備更多啦啦球。在互相鼓勵之下，考生的緊張心情也漸漸地放鬆了。

考試可能是在人生中一個很重要的里程碑，但是長大後回首一看，才發現人生有很多事比考試更為重要，希望考生們盡力就好了。而作為啦啦隊的我們，也會每年陪着大家渡過最緊張的公開試首日，心情放輕鬆，才能做好每件事呀！

Photo by @mtrsleepers

畫於 2022 年 3 月 22 日

鋼管舞

Gong3 Gun2 Mou5

曾經我們許下承諾，說有一天大家都可以有勇氣在公眾面前表演鋼管舞，首選的場地必定是我們第一次相遇的地方——地下鐵車廂。

還記得當晚我坐在妳旁邊，妳全神貫注地看鋼管舞的表演，我好奇地看着妳的手機屏幕，妳看看我的眼神，就問「有興趣學嗎？」翌日我到妳的工作室，學習着每個步驟，原本對身體沒自信的我，一步一步地跟着身體流動着，漸漸發現鋼管舞不止是性感，更是一種自信的表現。

妳說很想把鋼管舞帶給公眾欣賞，今天我真的把鋼管舞的舞台搬到車廂了！雖然你現在去了英國生活，但我希望拍短片給遠方的你看看，感謝妳讓我生命中遇到鋼管舞。

Photo by @carmancw, @wongnaomi315, @nimtungtsui

在地鐵做運動

畫於 2022 年 6 月 15 日

隨時隨地做運動
Ceoi4 Si4 Ceoi4 Dei6 Zou6 Wan6 Dung6

在辦公室工作一天後，腰酸背痛接踵而來，可能是整天在趕文案，Apple Watch 不斷提醒我要站起來走一走，但是沒聽到手錶的提醒，於是我默默地坐了一整天。下班後，趕不及請推拿師傅幫我拉一拉背部，倒不如乘坐地下鐵時拉拉筋吧！

整個車廂也坐滿了乘客，但當刻我沒有理會別人的目光，除除地把腳放在頭上，身體馬上放鬆了！坐在前方的乘客拍拍我的肩膊，示意他們也想參與，男士隨即做出標準的瑜伽姿勢，而女士則雙腳屈曲然後倒立。只見兩人甚具默契，原來是一對夫婦！

瑜伽不一定在家中「修練」，有時在另一個空間中更能發揮不同的效果，而且運動真的可以傳染他人！

Photo by @mtrsleepers

在地鐵做運動

1.10

畫於 2021 年 9 月 6 日

誰是舞林之王？
Seoi4 Si6 Mou5 Lam4 Zi1 Wong4?

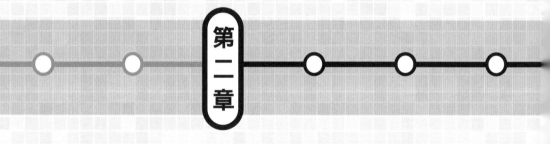

第二章

在狹窄的車廂內，企又企到腳痛，坐又坐到 pat pat 痛，又被前面乘客踩到腳趾。哎！好鬼痛，聽到耳機剛剛播着 *Uptown Funk*：

"Cause uptown funk gon' gives it to you. Saturday night, and we in the spot. Don't believe me, just watch, come on!"

我隨着節拍舞動身體——"I'm hot !! B*tch, say my name, you know who I am."

舞林之王就是我！

Michael Jackson 復活了？
Michael Jackson Fuk6 Wut6 Liu5?

這天下班後，我如常地搭地鐵回家，電台剛好播着英文舊曲 Michael Jackson 的 *Billie Jean*。

候車時，我看一看前方的男子，他的頭靠着月台幕門，整個身體向前傾斜 45°，姿勢好像 Michael Jackson 的招牌舞步一樣。音樂繼續播放着，使我好奇 MJ 是復活了嗎？旁邊的女士也走上前好奇地看着他。

看到他的樣子，雖然沒有深邃的眼神，又沒有彎彎曲曲的長髮（甚至沒多少頭髮），但如果身穿黑色上衣和牛仔褲的他突然唱起 "Billie Jean is not my lover"，我想 MJ 在天之靈也會不禁笑起來！這刻我很想念在遠方的 MJ，願他在天國安好。

Photo by @mtrsleepers

畫於 2024 年 3 月 22 日

聞歌起舞吧，人類！
Man4 Go1 Hei2 Mou5 Baa6, Jan4 Leoi6!

一個印度人精通古老的弄蛇術，可以吹笛控制籃中的蛇，令牠聽到音樂時擺動身體。那個印度人在想，如果有一天能夠用笛控制人類，人類也會像蛇一樣隨時隨地起舞嗎？

印度人為了找尋答案，遠道由印度來到很多同鄉的香港。坐地鐵時，他看到一位扶着拐杖的中年男子，不知是不是他的內功深厚，直覺告訴他——這位男子能夠「做到」！他走到男子的旁邊，鋪上地氈，在上面擺放藤籃，然後坐下來開始吹笛。

中年男子聽到音樂後，果然走入藤籃中然後好像蛇一樣左右擺動身體。當音樂愈快時，他擺動得愈快，而音樂慢下來時，他就自然慢慢地擺動……印度人滿心歡喜，沒想到第一次便成功，以後不論是甚麼人，在甚麼地方，開心或傷心，都可以讓人聞歌起舞！他帶着喜訊回國，得到萬民的讚賞。

畫於 2022 年 7 月 7 日

Photo by @mtrsleepers

誰是舞林之王？

Happy 伯借舞澆愁
Happy Baak3 Ze3 Mou5 Giu1 Sau4

「屯門 Happy 伯由屯門公園跳進車廂？！」這位貌似 Happy 伯的「Happy 伯」，得知娜娜將會結婚，他不想在屯門公園遇到她了。他帶着傷心的心情走到屯門站，把手機放在地上，播着昔日與娜娜跳舞的音樂，開始跟着旋律起舞。

他先上下擺動雙手，帶着黃色闊邊帽的他，單手把帽子脫下，帽子緩緩地落在地上。他再左右擺動身體，上身向後拗，甩一甩身上的背心。他沒有理會旁人的目光，專心地跳舞，可能是把傷心的心情都放在舞蹈中，所以跳得十分落力。

「Happy 伯」的電話響起，娜娜打給他說很想邀請他到婚禮，「Happy 伯」說：「我一定會來，願你幸福 Happy！」

Video by @jojo__wu

Photo by @jojo__wu

畫於 2022 年 3 月 27 日

誰是舞林之王？

Dance with Me!

這天的心情極佳，因為我加人工了！！在地鐵上收到老闆的短信，說公司十分感謝員工在疫情期間堅守崗位，為公司付出時間和精力。回想當時有多個晚上也在公司加班工作，這份加薪令我們的士氣大增！

我想着想着，荷爾蒙在腦內上升，不知不覺地翩翩起舞，拿起手袋雙手擺動着，踏前腳步，走向其他乘客前面。他們無奈的回看着我，可是我並沒有停下來，反而很想邀請他們跳舞。我提起腳放在扶手上，問旁邊的男士，可否跟我跳舞？他看着我喜悅的眼神，無奈地說好。但可能這樣給他壓力了，我也有點為難，就說聲不好意思，悄悄地離開了。

Video by @anonymous follower

2022 年 4 月 29 日

疫情下反常的香港

Jik6 Cing4 Haa6 Faan2 Soeng4 Dik1 Hoeng1 Gong2

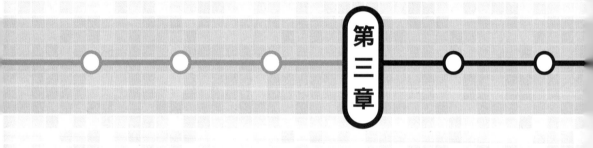

第三章

有一天我收到很多讀者的信息，他們發給我一段段網絡短片，有不同的人在地鐵車廂內做出「怪異」的行為⋯⋯

我想，這是因為在疫情前，大家會固定地上班上學，而在疫情之下，大家失去日常的生活，被迫留在家中，所以當罕有地外出時，就有人控制不了自己，做出反常的行為。

「Yea yea yea yea 屈到病（你說話我驚）屈到病（你接近我驚）⋯⋯」

大家在觀看以下畫面時，可能會引起不安，請多多包容，因為可能他們也不能自控呢。

感冒爆發
Gam2 Mou6 Baau3 Faat3

今天喉嚨痛到快要爆炸，鼻涕好像瀑布一樣流下來。取出口袋中的阿士匹靈，希望可以止感冒。

因為趕着出門上班，沒有帶水。但藥一定要馬上吃，如果不吃我就快要死了！我把藥馬上放進口裏，用口腔的水分把它慢慢滑入喉嚨中。突然，淚水流下來，沒帶手帕，用手抹一下；鼻涕也流下來，沒帶紙巾，再用手抹一下……

在車廂內沒人發現，沒人看見，我把滑捋捋的手抹在扶手上……討厭的感冒，沒用的阿士匹靈，濕透的口罩。算了，不想戴！

Photo by @channelchk

Photo by @channelchk

疫情下反常的香港

畫於 2022 年 3 月 23 日

高度防疫戰隊
Gou1 Dou6 Fong4 Jik6 Zin3 Deoi2

戴着十個口罩的我，迎面看到一位身穿太空衣的先生，他向我說了一些話，但因為他戴着太空頭盔，我聽不到他在說甚麼，我只好繼續低頭看手機。

太空衣先生知道我聽不到他在說甚麼，找來旁邊的蒙面俠——蒙面俠的口罩不止蓋着口，還蓋着雙眼和鼻子。蒙面俠說：「Hi! 太空衣先生想邀請你參加高度防疫戰隊。看到口罩小姐你的防護能力十分高，不知會否願意加入我們呢？」 我當刻不知所措，沒想到自己的防疫能力會吸引別人。病菌那麼多，能夠戴多少就多少，才能增強防禦力嘛！但家人和朋友中都沒有人明白我戴十個口罩的原因，只覺得我是怪胎……

我在思考片刻後，就答應他們參與戰隊。我們開始在各區出沒，帶着高防禦的面罩到處游走，希望鼓勵公眾提升防疫能力。我也不再感到孤單，因為有太空衣先生和蒙面俠在身邊。

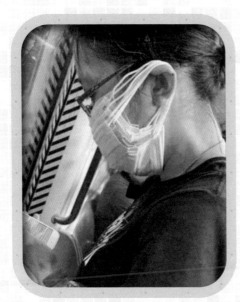

Photo by anonymous follower

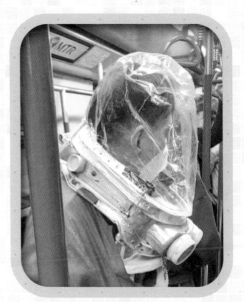

Photo by @jojo__wu

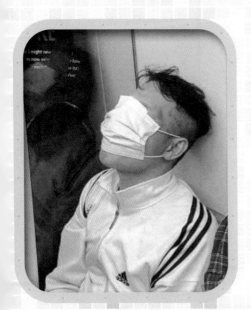

Photo by @mtrsleepers

畫於 2022 年 1 月 16 日

疫情下反常的香港

超快速抗原測試
Ciu1 Faai3 Cuk1 Kong3 Jyun4 Cak1 Si3

有人說一分鐘做好快速抗原測試，我不需要一分鐘，30 秒就做好了！每天也在做，當然會愈做愈快！

快要上班，我在家中取一盒測試包，用九秒九的時間跑到地鐵站。上車後，車廂坐滿了乘客，我就席地而坐，背靠在座位的旁邊，打開了測試包，咦——我的採樣棉花棒在哪？找不到呢！

是不是跑進褲袋了？是不是留在街上了？再把測試包的盒子翻來覆去，哎喲！原來被說明書包着。OH NO! 快到中環站了，馬上把口罩除下一半，用棉花棒沿鼻腔內壁打幾個大圈再將它放入快速測試液的小瓶中攪動最後將 3 滴測試液滴入檢測棒！

「列車已到達中環站，請各位乘客下車。」 測試結果是……一條線，Yeah ——熱愛工作的我又可以上班去！

Photo by @mtrsleepers

Photo by @mtrsleepers

畫於 2022 年 3 月 2 日

疫情下反常的香港

快測一家
Faai3 Cak1 Jat1 Gaa1

「喂阿囡，我哋又遲咗起身！帶個包返學校食，快測就拎出街做，快快快！」在爸爸的催促下，媽媽和我在睡夢中驚醒，立即換好衣服，一家三口飛快地跑到地鐵站。

因為昨天通宵達旦地溫習，我上地鐵後只想快速補眠，整個人倒在座位旁的玻璃上便呼呼入睡。焦急的爸爸不斷在旁邊催逼：「好快到學校，快啲做快測！」身旁的媽媽沒叫醒我，她用書包當凳子，坐在我正前方，把快測棉花棒放進我的鼻孔中，左右轉動，但我也沒有理會她，繼續倒頭大睡……「沒事，只是一條線，可以安心上學了！」媽媽說。

不知這些日子，甚麼時候才會完結呢？

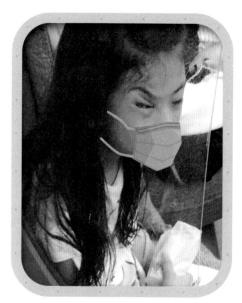

Photo by @mtrsleepers

畫於 2022 年 9 月 1 日

疫情下反常的香港

香港人的奇怪睡眠方法
Hoeng1 Gong2 Jan4 Dik1 Kei4 Gwaai3 Seoi6 Min4 Fong1 Faat3

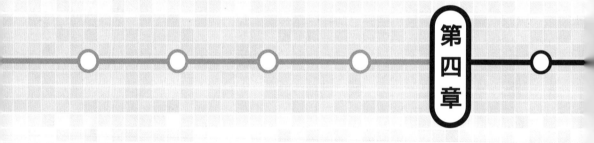

第四章

無可否認，地鐵車廂是個小睡片刻的好地方！你
又有沒有試過在地鐵上睡到大失儀態？

我還是高中生的時候，因為要考好文憑試，早上
完成全日的課程後，晚上又會趕到補習社補課。
有一晚回家的時候真的太累了，不小心睡在別人
的肩膀上，睡了整個車程，到站才驚醒起來，我
馬上向旁邊的乘客道歉，十分尷尬⋯⋯現在回想
起來，如果當時已經有 MTR Sleepers 的 IG，我
會不會成為相中的主角呢？哈哈～

掛在口罩上的眼鏡
Gwaa3 Zoi6 Hau2 Zaau3 Soeng6 Dik1 Ngaan5 Geng2

小兒子在五歲的時候，他還未分清陌生人的東西是不可以觸摸的，所以經常「搞搞震」。

記得有一天，只有我這位爸爸帶着他們兩兄弟外出。我們旁邊的座位上有個男子，看起來十分疲倦，他把眼鏡掛在口罩帶上，頭貼着座位旁的玻璃熟睡着。弟弟拿起男子的眼鏡，從眼鏡望出去，大叫着「哇，爹哋，原來呢個世界係咁靚！」我才頓時察覺弟弟又開始頑皮起來。男子感到眼鏡被拉扯，緩緩地打開眼睛，看着小兒子，沒說甚麼。兒子就把眼鏡放下，拍了拍男子的臉龐，這男子依然不發一聲，他為小兒子帶上眼鏡。小兒子帶着眼鏡看了很久，看着看着笑了起來。

原來小兒子已有近視，幸好這麼早就發現，真的要感謝這位男子。

香港人的奇怪睡眠方法

Photo by @mtrsleepers

畫於 2022 年 8 月 3 日

行李箱中的老婆
Hang4 Lei5 Soeng1 Zung1 Dik1 Lou5 Po4

這次我們三對夫妻一起本地遊，老公們想了一個古怪的窮遊方法，就是把老婆們放進行李箱，這樣就可以租一輛較小的旅行車，節省金錢！（這是甚麼怪想法，但為甚麼我們又會聽呢？）

旅程的首站先去新界有名的五星酒店，因為路程遙遠，我們三位老婆乖乖地躲在行李箱中，動也不能動。誰知，旅行車在中途發生事故，車呔漏氣了，但為了追趕行程，老公們不等待救援，就在荒蕪的地方，看着 Gooogle Map 拉着行李箱走去搭地鐵。我們在行李箱中大叫：「可以讓我們出來嗎？」

誰知，他們完全忘記了我們！我們只好繼續拍打行李箱，老公們也因為拉着行李太累，不小心睡着了。起來的時候才醒覺，老婆們身在行李箱中。

「大鑊！今晚跪玻璃都唔掂！」老公們開始害怕。

畫於 2023 年 10 月 25 日

Photo by @mtrsleepers

香港人的奇怪睡眠方法

單身睡夢派對
Daan1 San1 Seoi6 Mung6 Paai3 Deoi3

單身派對開始了！今晚要盡情狂歡！

這一晚我們中學認識的三位朋友，共聚在酒吧中，為星期日舉辦婚禮的何同學舉行單身派對。我們叫了最貴的紅酒，先喝了一大瓶，再叫了五成熟的牛扒，然後再多叫幾瓶紅酒。我們一邊喝着酒一邊說起昔日的趣事。我們說着笑着，一眨眼就到了00：00，何生說：「哇！咁就12點，我要走喇！」

三位灰姑爺跑到地鐵車站，誰知酒精吸收太多，走了兩步就倒在月台睡着了。三位男士層層疊着睡得很熟，尾班車趕不上了。也不知過了多久，有職員來叫醒他們，單身派對就這樣完結了。

畫於 2023 年 10 月 21 日

Photo by @mtrsleepers & @lkfmeltdown2.0

Photo by @mtrsleepers & @lkfmeltdown2.0

Photo by @mtrsleepers & @lkfmeltdown2.0

Photo by @mtrsleepers & @lkfmeltdown2.0

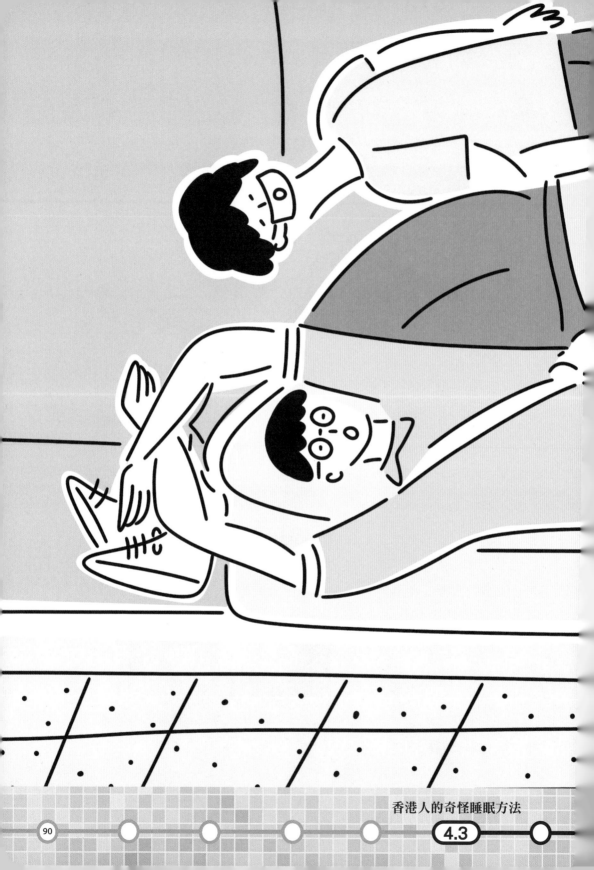

被窩裏的戀人
Pei5 Wo1 Leoi5 Dik1 Lyun2 Jan4

「Kiss Me!」

「哎，喺呢度 kiss you？咁多人望住，返屋企先啦～」

「怕咩喎，我帶咗張被出嚟，我哋遮住點 kiss 都無人睇到！」

「哎喲，唔好啦！」

「Come on, baby! Don't be shy!!」

男友在書包中取出了一張被子，其實我不理解為甚麼他會帶着被子出門，明明只是簡單的約會，但是他好像有備而來。

他張開被子，蓋着我們。我們擁抱着，他輕輕地親着我的臉龐，再親着我的嘴唇。我們在被窩裏纏綿，旁若無人。然後，我們發現原來蓋上被子是那麼的令人想睡，我們的眼皮越來越難打開，漸漸沉進夢裏……

Photo by @mtrsleepers

畫於 2023 年 10 月 26 日

香港人的奇怪睡眠方法

不要放棄啊，結他手！
Bat1 Jiu3 Fong3 Hei3 Aa1, Git3 Taa1 Sau2!

「你怎麼樣？剛才 busking 只是比平日少了一半觀眾便失去信心嗎？現在你把心愛的結他放在地上，躺着耍廢嗎？」左邊吹着單簧管的音樂家說。

「身為音樂家不可以這樣，即使只有一位觀眾，我們也要為他演奏。」右邊的修士也在鼓勵着地上的結他手。

結他手的心情壞透了，脫掉鞋子，沒精打彩地躺在車廂的地上。「我做不到，不如我們放棄 busking 吧。」結他手說。

單簧管音樂家走到他的身旁，吹起巴赫 B 小調彌撒曲，令結他手回想起：巴赫用了 25 年創作這一首大篇幅拉丁彌撒套曲，在他去世前一年才編成現時的樣式，他一生在追求音樂，可是我現在只是因為少少挫折而放棄，不可惜嗎？

結他手看着這兩位 busking 的夥伴，回想自己當初正因為喜愛巴赫的音樂，而開始學習樂理，再跟他們外出 busking；我們也許不能成為另一個巴赫，但是我們可以把他的精神流傳下去。結他手站起來，跟兩位夥伴互相拍拍肩膊，一起回家，明天再去 busking，相信音樂可以改變一切。

Photo by @mtrsleepers

畫於 2023 年 10 月 26 日

香港人的奇怪睡眠方法

通頂後的星期一
Tung1 Deng2 Hau6 Dik1 Sing1 Kei4 Jat1

這次真的是 No More Monday Blue !!

昨晚我跟朋友慶生，我們玩到凌晨 4：00，在麥當當門口等候一小時後，我吃了最喜歡的豬骨湯雞扒通粉餐，吃飽便很想睡。在麥當當睡了三小時後，眼睛睜不開，腳步緩緩地走到車站的工作崗位，身旁的同事也掛着黑眼圈，看着彼此的眼神，便知道大家昨晚都是通宵狂歡了。我們伏在辦理電話實名登記的工作枱上，呼呼入睡。

上司忽然走上前，拍拍枱面，大叫：「咁大膽喺度瞓覺，返屋企瞓啦，聽日唔使返工啦！」 我們馬上抬頭，急忙道歉，但上司太生氣了，我們怎樣說也沒用，只好乖乖地離開。

再沒有Monday Blue值得高興嗎？但明天要找新的工作了。

（事後另一位同事表示，其實因為要趕交論文而徹夜未眠。Oh! I'm so sorry!）

香港人的奇怪睡眠方法

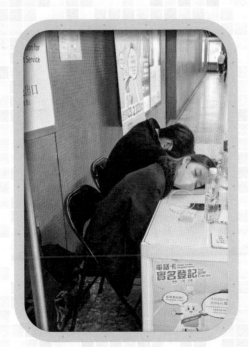

Photo by @mtrsleepers

畫於 2023 年 10 月 20 日

成為車長的夢想
Sing4 Wai4 Ce1 Zoeng2 Dik1 Mung6 Soeng2

我看見一位中年男士一邊拍打着車長室的門，一邊不斷叫着：「求求你讓我進去！」。男士坐在一張細小的膠櫈上，雙手放在門上扶手，看來很焦急，但車長一直都沒有回應。男士叫得累了，靜了下來，趴在門上，漸漸睡着了。

到了中環站，車長小心翼翼地打開門，心想這位乘客在做甚麼呢？男士看到車長開門後，馬上走到駕駛座位，「哇，我很想做車長！可以收我做學徒嗎？」 車長一臉疑惑，說：「請你到港鐵人事部申請吧，我並不清楚。」 男士低下頭，緩緩地走出駕駛艙，車長自言自語說：「哎，最近太多怪人怪事了。」

我覺得這位男士並不奇怪，他只是用錯方法去追求夢想，我拍拍他的肩膀，祝願他找到對的門路，有一天可以成為車長。

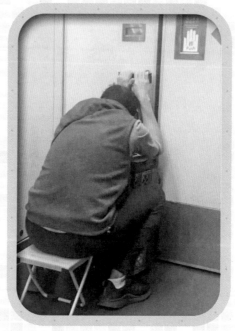

Photo by @reviva923

PLEASE
LET ME
IN !!!

畫於 2022 年 4 月 7 日

香港人的奇怪睡眠方法

心廣體胖的公主
Sam1 Gwong2 Tai2 Bun6 Dik1 Gung1 Zyu2

Frozen Land 快將開幕，作為迪迪尼狂熱粉絲的我，當然要去看看。還未到迪迪尼站，我看到一位身形豐滿的 Anna 公主，甚麼？！為甚麼 Anna 變成心廣體胖的公主了？不可以！我要走上前問個清楚。

當我走到這位 Anna 公主的身邊，她低着頭看手機。我跟她說：「公主才不會這麼圓潤的！你不可能是 Anna 公主吧！」她抬頭看看我，說：「我就是 Anna，我就是公主，我活得開心，無憂無慮，不行嗎？」唉我沒眼看了，我戴上迪迪尼的眼罩，倚在車廂的門口。她繼續說：「肉肉的楊玉環是貴妃、胖胖的維納斯是女神，而我，心廣體胖的 Anna 是公主。」

聽着聽着，我慢慢入睡了，夢中我看到「愛與美之女神」維納斯笑着跟楊貴妃一起吃荔枝。

Photo by @ivan.lui

Photo by @mtrsleepers

畫於 2023 年 10 月 24 日

站着睡覺的人
Zaam6 Zoek6 Seoi6 Gaau3 Dik1Jan4

我們看到手錶指向 6：30，跟同事馬上拍卡下班，用九秒
九的速度，由時代廣場的超長扶手電梯，奔向 A 出口，再
左轉右轉，經過長長的直路，終於到達銅鑼灣站的月台。

一到埗，我們望向左面，有一位穿上白色恤衫，手上提着公
文袋的男士，他站在月台睡覺，身體不斷地前後搖擺，並努
力地維持站立的姿勢；我們看着他的睡姿，捧腹大笑。笑聲
傳到男士的耳邊，他微微地張開眼睛，看一看我們三個，又
繼續睡。哈，他會否又是一個為工作賣命的香港人？我們無
論如何都不要這樣子，明天和後天，和大後天都一定要準時
下班！

Video by @mtrsleepers

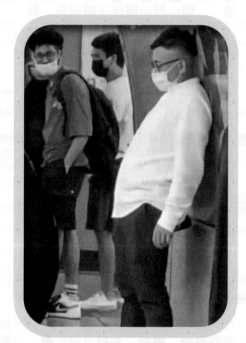

Photo by @mtrsleepers

畫於 2022 年 10 月 27 日

香港人的奇怪睡眠方法

4.9

大口睡眠症
Daai6 Hau2 Seoi6 Min4 Zing3

口罩令結束後，我們不用戴口罩，可是原來早有另一種新型的病毒於車廂傳染 ——這病毒會令人患上「大口睡眠症」。

「大口睡眠症」是由一位乘客直接傳染給另一位；網上流傳一條短片，坐在最左側的乘客因為星期一太早起床上班，他坐下來就馬上入睡，張開嘴巴呼呼大睡，病毒由口腔經空氣傳染，好像是打哈欠一樣，下一位就會馬上張開嘴巴睡覺，接着一排乘客也全部確診了，醒來後嘴巴關不上，每一位也成為「大口仔」。

袁大勇醫生說這個病毒變異得太奇怪，又難以控制，醫學界暫未找到藥物治療，鼓勵市民戴回口罩。而變成「大口仔」的病人，他建議戴上鴨嘴型口罩，因為不論嘴巴張開多大，也不怕蓋不住。

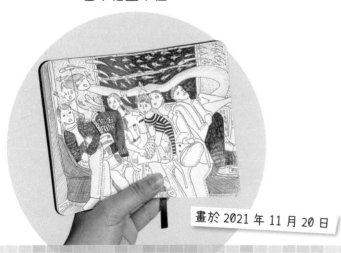

畫於 2021 年 11 月 20 日

Photo by @mtrsleepers

學生哥的聰明睡覺方法

Hok6 Saang1 Go1 Dik1 Cung1 Ming4 Seoi6 Gaau3 Fong1 Faat3

第五章

香港人的奇怪睡眠方法，你猜是不是由小時候開始培養的呢？

學生哥天馬行空的腦袋，超越我們一般人的想像，他們打橫睡在扶手上，還有聰明地用書包扣把自己固定在扶手柱上安穩地睡覺。哇！我真的五體投地，十分佩服學生的聰明才智，再看看圖片，不禁會問「咁都諗到？咁都瞓到？！」學生哥的創造力，我們需要好好學習呢！

逃避雖可恥但有用
Tou4 Bei6 Seoi1 Ho2 Ci2 Daan6 Jau5 Jung6

爸媽十分重視這次小學的面試日，前一晚與我練習至凌晨，我們在練習英語對答，還有不同的情景題。這個月不停地練習，有時在想，我只是一個六歲的小朋友，就要面對那麼大的壓力，哎——我很想逃避呀！

面試日當天早上，我們上了地鐵，在爸媽沒有為意下，我靠着扶手背向他們躺下睡覺。突然，媽媽發現我不見了，他們大叫：「阿仔，你去咗邊呀？！」 由車頭走到車尾，重複看每個車廂是否有我的蹤影。他們應該沒想到，我可以跟扶手「融為一體」。

面試時間快到，他們心急如焚地找職員幫忙，最後還是有一位機警的乘客發現了我，並喚醒我，一起走到客戶中心。我跟爸媽說對不起，解釋着自己的壓力太大了，所以很想逃避，爸媽沒說甚麼，拍拍我的頭再給我一個擁抱，「對不起，是我們令你太焦慮了，我們放鬆地去面試，不要再睡在扶手上了。」

Photo by @mtrsleepers

畫於 2022 年 9 月 2 日

學生哥的聰明睡覺

為瞓覺可以去到幾盡？
Wai6 Fan3 Gaau3 Ho2 Ji5 Heoi3 Dou3 Gei2 Zeon6?

秋意濃濃，我不想離開被窩，我不想離開房間，我不想上學，只想整天躺在床上。

我瞓不開雙眼，被工人姐姐拉到月台上，又要等八分鐘才有車，屯馬線班次往往很疏。既然有八分鐘時間，我把握機會去快睡一下。月台的座位坐滿了，剩下欄杆，不管了！我用雙手和雙腳夾住欄杆，臉也貼在欄杆上，就這樣睡着了。路人看到我這樣睡着，紛紛拿起手機拍照，相機快門聲響此起彼落，我也沒有理會他們，繼續睡。工人姐姐不停找我，在人群中看到我睡在欄杆上，她也笑了起來，然後跟路人們一起拍照。

列車快到，工人姐姐抱着我走進車廂，有乘客讓了座位給我們，我就繼續睡……秋天呀，為甚麼你讓人那麼好睡呢？

Photo by @mtrsleepers

畫於 2023 年 10 月 18 日

學生哥的聰明睡覺

5.2

夜校生
Je6 Haau6 Sang1

唉，人到中年，工作普普通通，只是勝在不需要加班，剛好政府有二萬五千元的可持續進修基金，不如報讀夜校學習一下新東西。

收到學校通知，學生需要帶枱回校上課，真古怪，學校連枱也沒有提供，這是一家怎樣的學校？我在二手網上買了一張學生枱，正正是中學用的那種，淺咖啡色但並沒有抽屜。

為了省錢，我搬着學生枱，坐地鐵到夜校，不小心趴在學生枱上睡着了。「返學喇！」我在睡夢中驚醒，原來是前方的姨姨突然大叫。幸好沒有坐過站，剛好下一站是九龍塘，我搬起學生枱，發現這一刻好像回到中學的時光，青春的回憶湧上心頭。

Photo by @mtrsleepers

學生哥的聰明睡覺

畫於 2022 年 12 月 29 日

人頭氣球
Jan4 Tau4 Hei3 Kau4

我不理解為何冬天的車廂，依然會開着超強冷氣，我們已經穿起厚衣，身體還是冷得發抖。我把運動服外套拉上拉鍊，連頭也蓋起來，才覺得暖和一點。可能是太舒服，不知不覺就靠着媽媽的肩膊，兩母子一起睡着了。

快要到站的時候，媽媽醒來，嚇了一跳，「阿仔，你個頭去咗邊？！」整個車廂的人都望了過來。「哇，你仔仔個頭飛起咗，好似個氫氣球升咗上天！」 旁邊的乘客大嚷。

媽媽馬上跑出車廂，可惜找不到兒子……「請緊握扶手，請緊握扶手，please hold the handrail」地鐵急停下來。媽媽張開眼，我拉開拉鍊把頭伸了出來，「原來，是個夢！」媽媽把我緊緊抱住，不停親吻我的頭。

Photo by @mtrsleepers

畫於 2022 年 12 月 23 日

學生哥的聰明睡覺

我是發明家
Ngo5 Si6 Faat3 Ming4 Gaa1

你知道書包的胸扣除了把書包穩定在背上，不易晃動，還有一個超大用途！這是我（一位小三學生）發明的，這個作品面世只有一個早上，就吸引了大眾的目光，很神奇吧！

你要知道學生哥常常都睡不夠，可是在坐滿乘客的車廂，我們實在沒辦法坐下來睡一睡，如果站在車廂睡覺，又會擺來擺去。因此，胸扣成為一個重要的設計——你可以把書包連同自己扣在扶手柱上，固定住自己，這樣做打風也吹不走，就算別人推你也不會跌倒。

終於可以好好睡一覺！我覺得這個發明可以放在《發明之書》中，這樣我的子子孫孫日後也可以學到！

Photo by @mtrsleepers

畫於 2022 年 7 月 4 日

學生哥的聰明睡覺

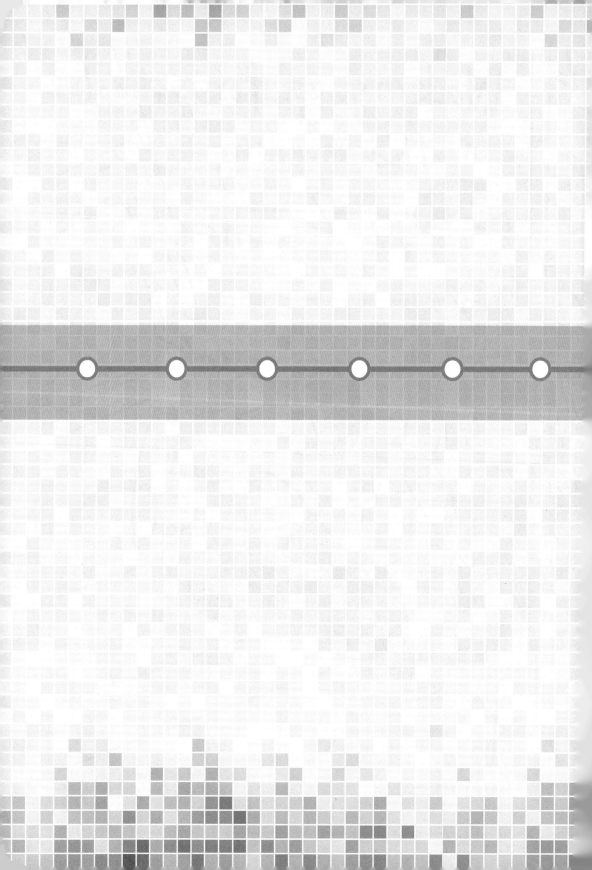

開發地下鐵的美容按摩服務

Hoi1 Faat3 Dei6 Haa6 Tit3 Dik1 Mei5 Jung4 On3 Mo1 Fuk6 Mou6

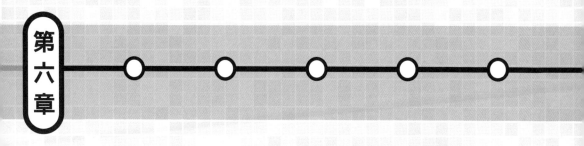

第六章

香港人講求效率,「食嘢要快,講嘢要快!」

如果你今天遲了起床,趕不及出門,不用怕,你看他們通通會在車廂做美容、美髮、按摩!我不時也會遇到有女士披着濕漉漉的長髮搭地鐵,不禁想:其實吹頭髮都是花十分鐘時間,為甚麼不整理一下才出門呢?我就寧願遲到,也不想成為「水怪」!

地鐵上吹頭？！
Dei6 Tit3 Soeng6 Ceoi1 Tau4

「其實我完全唔明白，吹個頭都唔係花好多時間，點解唔可以喺屋企吹好先出街？」我看到身旁的阿姨頭髮全濕，心裏在想着。是因為我是位男生嗎？每天不用花太多時間去整理頭髮，很多時候用毛巾抹一抹就乾了，有的時候更方便，帶上帽子就可以出門。看到阿姨不停把濕漉漉的長髮搊來搊去，十分惱人。

我內心頓時出現很多小劇場，包括是我要發明一個可攜帶式的風筒，給這些必須要洗髮的上班族。忽然阿姨就在袋裏取出可攜帶式的風筒，What?! 原來這世界上已經有這個發明？阿姨開始在車廂中吹頭，水珠不停撥打在我的臉上。

「喂，邊個發明㗎？」

Photo by @anonymous follower

畫於 2022 年 10 月 28 日

地下鐵的美容按摩服務

車廂中的腳部護理
Ce1 Soeng Zung1 Dik1 Goek3 Bou6 Wu6 Lei5

「咦，母后！我着唔到灰姑娘嗰對高跟鞋，點算呀？今晚仲要去搵我個白馬王子！！！」灰姑娘的姐姐正在苦惱着。

母后坐在她的旁邊，正在車廂享受腳底按摩，四體通泰，心神俱醉，忽然給姐姐的一句說話打擾，母后在心裏罵髒話，接着上下打量了姐姐，說：「好心你剪下腳趾甲啦！腳甲留咁鬼長，梗係着唔落啦！」

姐姐把襪子脫下，腳趾甲大概有五厘米長，應該有好幾個月沒有修剪了。按摩師看着她的腳甲，也難以容忍，就在口袋取出指甲鉗給她。姐姐無視旁人的目光，蹺起二郎腿，車廂內頻頻傳來惱人的「喀喀聲」。

這兩母女在車廂怪異的行為，引起眾人的注視，乘客議論紛紛，聲音也傳到坐在同一列車的王子耳裏，他皺着眉頭說：「有無搞錯，真係冇公德心，睇見都要洗眼！我一陣要見下啲靚嘢，幫我叫 Vber 司機兜埋灰姑娘，一齊去 Ball ！」他跟侍衞在下一站離開列車，上了 Vber 的南瓜車。

Photo by @subwaycreatures

畫於 2021 年 12 月 22 日

也下鐵的美容按摩服務

美容列車
Mei5 Jung4 Lit6 Ce1

本日星期三的早上，我比美容行業原本的營業時間早了五小時開始工作。好多謝 Covid-19，讓我不再是個夜貓子，最最最重要的是多謝政府，全港的美容院和按摩院都停業了！在失去全職工作的 100 多日中，我拼命找工作機會。

「早晨，李小姐。今日你 book 咗做果酸 treatment，先喺度坐下，我幫你先做針清，可能口罩要拎開先。」

「哎呀，黃小姐，你個眼膜夠鐘啦，我宜家幫你拎開！」

40 分鐘可以完成一個療程，行走中的美容列車載着我們，由上水到金鐘站尾站，時間剛好。「陳小姐，到站啦，你個療程都搞掂，你睇！成個人容光煥發～」

但不知道列車何時才會送我到停業的終點站呢？

Photo by @mtrsleepers

THE FACIAL IS DONE, MADAM TIME TO START WORK!!

畫於 2023 年 1 月 17 日

貼心男友與野蠻女友
Tip3 Sam1 Naam4 Jau5 Jyu5 Je5 Maan4 Neoi5 Jau5

「最衰都係你，帶我行花市，又迫又多人，人哋今日着高踭鞋，腳踭都磨損啦！」 女友說。

「唔好嬲啦，新年就係要行下花市先應節。我幫你黐膠布啦！」 男友說。

男友從錢包中取出透明膠布，緩緩地抬起她的小腿放在自己的大腿上，細心地貼上膠布。

「好，黐好喇！你一陣行下睇下仲會唔會痛？」 男友貼心地說。女友穿上高跟鞋，不滿意地說：「同我交換鞋着！」 男友看着女友怒氣沖沖的樣子，心裏有話說不得，只好乖乖地脫下平底鞋，穿上她粉紅色的高跟鞋，走起來一跛一跛，左右搖擺，像不會走路的嬰孩一樣。女友蹦蹦跳跳走在他的前面，步出車廂。

Photo by @anonymous follower

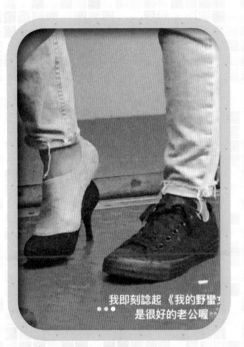

我即刻諗起《我的野蠻女
是很好的老公喔

Photo by @moving_drawing

地下鐵的美容按摩服務

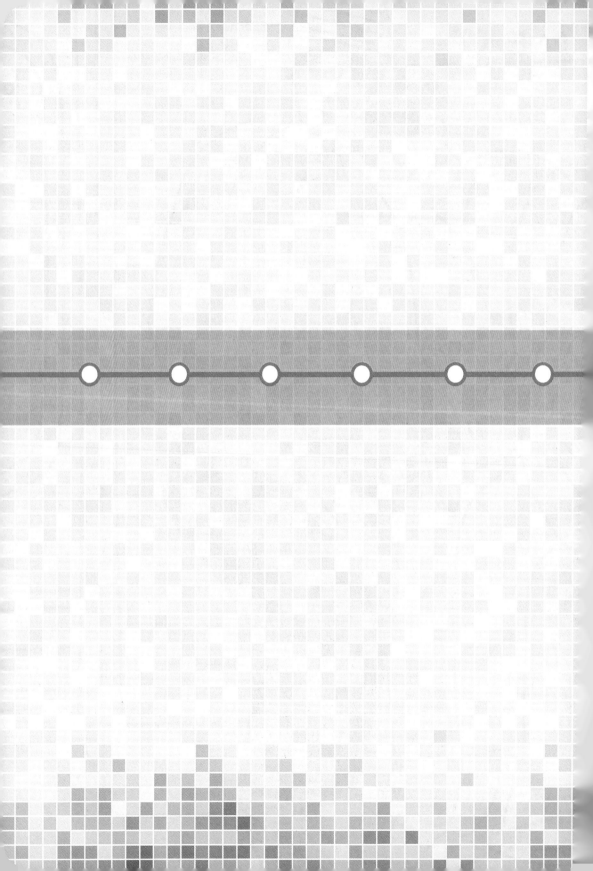

地下鐵時裝表演

Dei6 Haa6 Tit3 Si4 Zong1 Biu2 Jin2

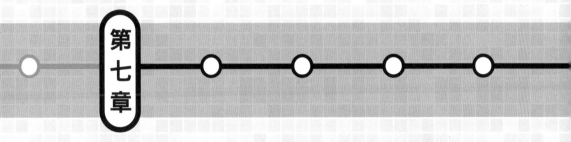

第七章

我常常看到一位穿着李小龍先生的黃色連身運動服的叔叔，每次遇到他也是一樣的服裝，我想他一定是忠實粉絲，用衣着打扮向這位一代武打巨星致敬。如果有一天我再遇到這位叔叔，我希望畫下你與李小龍先生，再把畫送給你呢！

其實，行 Catwalk Show 不用走到米蘭，只要你是敢穿敢着的潮流達人，哪裏都是你的舞台。

鬼滅之刃地鐵奇遇篇
Gwai2 Mit6 Zi1 Jan6 Dei6 Tit3 Kei4 Jyu6 Pin1

「哇，咩事呀？阿妹，我都係瞓咗一陣，你就變咗嬸嬸，究竟發生過甚麼事？」正在搭地鐵的炭治郎看着旁邊的禰豆子，她突然換上了貼身的白色背心，戴上墨鏡和腰包，長髮變了短髮，口上的竹筒變成毛巾。

禰豆子叼着毛巾發出像奇怪的聲音：「嗯嗯嗯！」她好像在解釋甚麼。嘴平伊之助揮動日輪刀，大叫着：「豬突猛進！佢係咪中咗血鬼術，打走佢！！！」 炭治郎阻止伊之助：「呢個係我個妹，雖然變咗做嬸嬸，但都唔可以打佢！」伊之助把刀收起，他們一起看着禰豆子，既無奈又想她快點變回正常，可惜一直沒有解藥，她永遠變成禰豆子 Auntie，sad。

Photo by @mtrsleepers

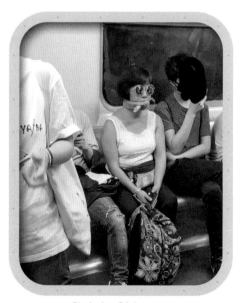

Photo by @jojo__wu

畫於 2024 年 1 月 16 日

Dead Pool 與恐龍

Dead Pool Jyu5 Hung2 Lung4

Dead Pool 的力氣耗盡了，因為他今天被人強行打開了面罩，他毀容的臉全都給大家看到了！他帶着沮喪又失望的心情走到車廂，遇到大恐龍、全身白色的大企鵝、女（男）學生和把 cap 帽戴在臉上的男子，他跟這些人坐在一起。Dead Pool 靠着大企鵝的肩膀，心裏想，如果跟大恐龍交換服裝，應該就不怕被人打開面罩了吧。

他從後拍拍恐龍的背，問恐龍可以跟他換服裝嗎？恐龍脫下服裝，竟同樣露出了被燒毀的皮膚！原來同是天涯淪落人，Dead Pool 馬上走上前抱着他，「穿上服裝能夠使我們有勇氣面對人群，相信我與恐龍，是世上最能夠彼此了解的人了！」

畫於 2021 年 11 月 1 日

Photo by @mtrsleepers

地下鐵時裝表演

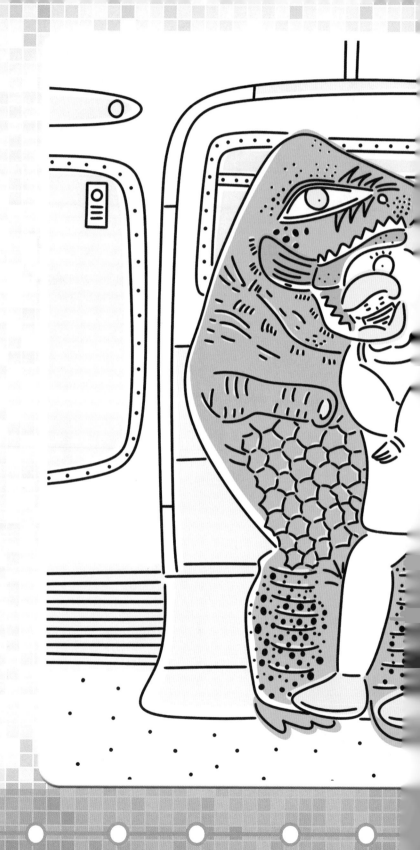

地下鐵時裝表演

華麗明星賽
Waa4 Lai6 Ming4 Sing1 Coi3

「哇，着到咁，以為自己係個明星？」旁邊的路人紛紛議論着穿上閃耀銀色大衣的男人。

「華麗明星賽，閃耀全場，Bravo！阿妹妹，講個數目字畀我，我要 Pose、Pose、Pose！」男人跟正在候車的妹妹說。

「哥哥，呢個叔叔問我數目字，話要 Pose。」妹妹有點害羞和疑惑，拉着哥哥的衣袖說。

哥哥走到男人的身旁，說出一個數目字：「2」。

男人的臉上突然露出笑容，然後跑到 2 號的 CCTV 下，擺出一個模特兒姿勢，再跑回哥哥前面，要求他說下一個數字，哥哥說出一連串數字：「5、6、3、4、3、2、1！」男人大笑着，跑到各個號數的 CCTV 下，擺出各式各樣的姿勢。兩兄妹看着他歡天喜地，跑來跑去，妹妹對哥哥微微一笑，輕輕地牽着哥哥的手。妹妹心想，哥哥沒有把這位男士當成異類，真是位好哥哥呢！

Photo by @samlamsy

Video by @samlamsy

賽車老友記
Coi3 Ce1 Lou5 Jau5 Gei3

「阿文，我想問下點樣跳上去拎金幣？」 兩位「老友記」第一次在長者中心玩 Mario Kart 8 Deluxe，大家都不知要按遊戲手掣上哪個按鈕，才可以令汽車向上跳。阿文不停按 X 鍵，而阿炳則按 A 鍵，按着按着，有一道閃光出現，他們就突然跳到地鐵車廂內！

阿文發現自己穿上了鮮紅色的 F1 賽車服，原本稀薄的頭髮變成貓王的髮型，還坐在 Redtop 賽車上，他的臉上掛上很多問號，為甚麼他突然會在地鐵車廂？為甚麼他的打扮會變成這樣？他從尖沙咀站下車，無意中按到了 B 鍵跳上 D 出口加拿分道，他唯有一邊問職員，一邊找阿炳。阿文又試着按下 X 鍵，眼前出現遊戲角色的位置圖，原來阿炳仍在車廂內。阿文再按下 B 鍵，他馬上飄移到阿炳前面。「我識撳個掣啦，阿炳！我哋一齊撳屋仔個掣離開地鐵，返中心啦！」

畫於 2024 年 2 月 27 日

地下鐵時裝表演

Photo by @jojo__wu

Photo by @jojo__wu

Photo by @moving_drawing

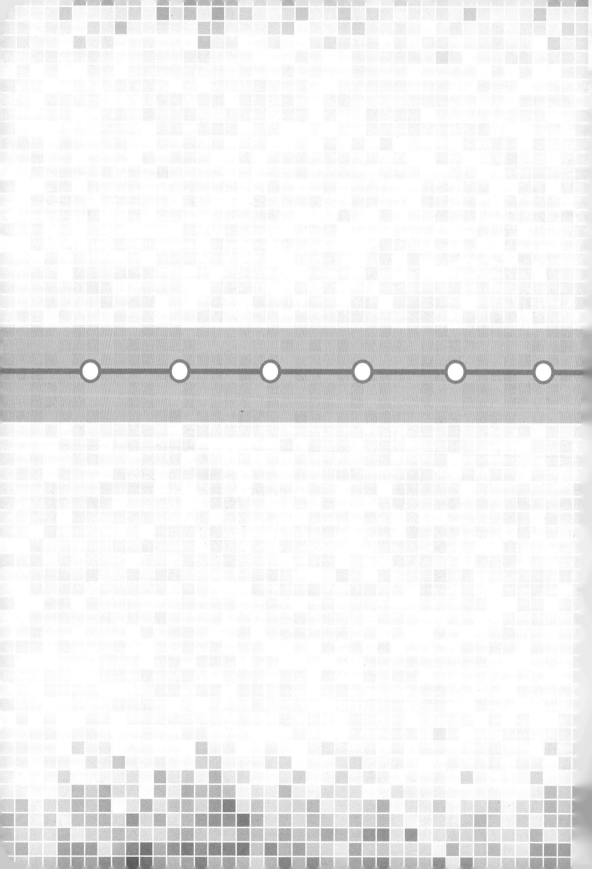

在地下鐵轉角遇到愛！

Zoi6 Dei6 Haa6 Tit3 Zyun3 Gok3 Jyu6 Dou2 Oi3!

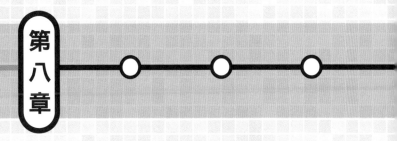

第八章

不少讀者問，這些怪誕的相片是你影的嗎？

其實我是從網民的眼睛，看到這個荒謬搞笑的香
港，每次以網上照片為靈感而畫我的每日一畫
"Today's Drawing" 時，我都會很好奇，網民
怎麼會遇到這麼多有趣的事情呢？相反我只是一
位普通的乘客，看到最多的情景，我想是在地下
鐵遇見「愛」吧。

青春約會
Cing1 Ceon1 Joek3 Wui6

其實我未試過跟「學生妹」出街，這是我的第一次。

我們在交友平台認識，在聊天一個星期後，我主動約她見面。我們相約在學校門口，到「旺中」影貼紙相。這一切都是我，這位叔叔，安排的「青春」約會，哈哈，誰叫我在讀書時期只專注讀書，沒有拍拖，現在就好好補回這些回憶，應該也不太遲吧！

「學生妹」的性格很好，我們去了旺中，再到新之城Neway 唱K。很久沒有 K-lunch，唱了三小時，由我的《時代曲》，唱到她的《三分甜》：「甜度尚有三分已經足夠 / 填滿快樂宇宙 / 就當遊戲沒有盡頭 / 共同遊玩亦罕有 / 想過要抱就抱別怕醜」，我沒有怕醜，在回程的路上把肩膀借給「學生妹」睡覺，她突然跟我說：

「寶，我好暈呀！」

「吓，點會突然見暈嘅？」

「寶，我好想嘔呀！」

「吓，又會突然想嘔嘅？」

我當刻不知道如何反應，把手放在她的臉上，她嘔了——嘔在我的手上，嘔在我新買的背包上……

「好想唱一闋歌 / 叫你認清楚我」

Photo by @mtrsleepers

畫於 2023 年 10 月 16 日

在地下鐵轉角遇到愛

在地下鐵轉角遇到愛

父女
Fu6 Neoi5

「陪住呢個囡，少啲精力都搞唔掂！」爸爸小聲的在我旁邊說。玩累了的我躺在爸爸的大腿上，爸爸用手托住我睡着的臉龐，自己也緩緩地彎下身子睡着了。

在夢中，我們父女倆都有用不盡的精力，在公園玩耍追逐。我們由早上玩到黃昏，不需要吃飯，不需要休息。爸爸從睡夢中醒過來，看着女兒笑着睡覺，自己也笑了起來，感嘆道：「一齊由朝玩到晚咁開心，十年前嘅我先可以做到呀！哎！老了老了，但仲有力氣同到囡囡去玩，真係要珍惜！」原來，我和爸爸做了同一個夢呢！

畫於 2024 年 1 月 18 日

Photo by @mtrsleepers

爺帶我去迪迪尼
Je4 Daai3 Ngo5 Heoi3 Dik6 Dik6 Nei4

我的爺爺是個迪迪尼粉絲，擁有長者卡之後，便馬上申請迪迪尼的優惠全年票。他喜歡有時到樂園坐一坐，有時去搭旋轉木馬，有時在公園享受雪糕。

看到爺爺那麼喜歡迪迪尼，我問爺爺：「可唔可以帶我去呀？」爺爺知道門票和園內的消費都不便宜，何況是帶着這位小魔怪去？他考慮一下後，說：「好吧！」

「Yeah!!! 我們可以去 Frozen Land 嗎？Let it go! Let it go!! 爺爺，我們可以去黑熊山谷嗎？我要連續玩十次！爺爺，爺爺，我想玩呢個，嗰個，仲要試呢個新出甜品！」我在園內牽着爺爺的手說個不停。

爺爺連最後一點的力氣也用完了，進入地鐵站後，他找到座位就躺下。

「爺爺，我哋好似仲未玩綠兵跳傘呀！」我躺在爺爺的腿，拍拍他。「吓！咁快就有鼻鼾聲……咁我都瞓下先，下次我都想再跟爺爺去迪迪尼呀！」

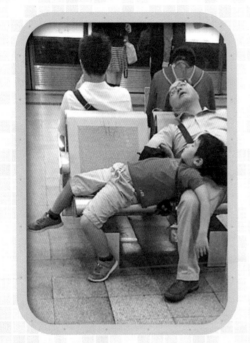

Photo by @mtrsleepers

畫於 2023 年 10 月 14 日

摸錯男友
Mo2 Co3 Naam4 Jau5

終於趕上尾班車了，我牽着男朋友的手跑到車廂內，男朋友向我拋了一個眼神，告訴我有位置可以坐。我坐下來，累得雙眼馬上合起來，我伸手向前摸摸男友的腰，嗯？為甚麼有個肚腩，香氣也不同了，他不是用虎王洗衣液的嗎，何時改了用滴露？我明明剛才在戲院才聞到虎王的香氣，怎麼會不同了？而且，他今天不是穿長褲嗎？怎麼會變成短褲？

搞錯！原來我摟着的不是我男友！男朋友都可以摸錯？！內心有一萬句「對不起」，我跑到男朋友的身邊，他站在車門旁，沒有看我一眼。「對不起，對不起，今天不是 4 月 1 日嗎？ 哈哈！」

Photo by @mtrsleepers

在地下鐵轉角遇到愛

畫於 2023 年 11 月 3 日

在地下鐵轉角遇到愛

地下鐵尷尬事件
Dei6 Haa6 Tit3 Gaam3 Gaai3 Si6 Gin6

主持人（阿西）接通聽眾電話：「晚安～ 又嚟到尷尬電台，我係你哋嘅節目主持人阿西，琴日有太多聽眾打電話嚟，我哋都接唔切所有來電，所以今日繼續『你最尷尬嘅事』！我哋請第一位聽眾出嚟先！晚安，尷尬電台，你喺阿良？」（接通聽眾電話）

聽眾（阿良）：「Hello，主持人，我係阿良。」

阿西：「Hi，阿良！快啲同我哋分享下你遇過嘅尷尬事啦！」

阿良：「嗯，好，如果有一日你搭地鐵，你坐坐下，發現身邊嘅乘客突然挨咗喺你膊頭，你會點做？」

阿西：「哇，我叫你分享，你竟然調返轉頭問我？ 呢位聽眾都幾搞笑！我呀？我諗我會縮一縮低個膊頭，之後佢就會醒！哈哈」

阿良：「阿西，你真係無改錯名！但我當時無咁做。好記得嗰日我急住送件畀個客，突然坐喺我隔離嗰個叔叔，就挨咗落嚟我身上。我心諗，點算？笑咗笑，對面個乘客又喺度笑。而佢真係瞓得好舒服，我又唔好意思縮低個膊頭走咗去，就坐多幾個站，由金鐘坐到天后，佢都仲未醒，我就真係好趕時間，就拍下佢膊頭，話『落車喇』，佢拍極都唔醒，突然

佢隔籬個乘客，又挨咗落去佢身邊！哇發生咩事，骨牌效應咩？最後坐到柴灣站，車長行嚟叫佢哋落車，我先走到！」

阿西：「咁阿良，從你個名都聽得出，你係一個好人，希望你最後無畀個客鬧啦！晚安，尷尬電台～」（掛斷電話）

Photo by @mtrsleepers

畫於 2023 年 10 月 12 日

在地下鐵轉角遇到愛

8.5

借你腳板擦眼淚
Ze3 Nei5 Goek3 Baan2 Caat3 Ngaan5 Leoi6

「失戀，你識條鐵咩！你都無失過戀！！」

我是個 A0 的上班族，由中學到大學，甚至踏入職場，也沒有甚麼戀愛運。可能因為是個「IT 狗」吧，每天穿差不多的 T 恤、長牛仔褲，頭髮常常都是凌亂蓬鬆的，所以散發不到甚麼吸引異性的魅力吧！

所以坐在我身旁的死黨阿德，他說得很對，我就是個沒有戀愛經驗的毒男！現在，我看到剛失戀的他，眼淚不斷流下來，有點不知所措。

我摸一摸褲袋，嗯？發現今天沒帶面紙，怎麼辦？怎麼辦？不如用這個吧！我把鞋子脫下，再將襪子遞給阿德用來擦乾眼淚，但襪子似乎也不夠用，阿德拿着我的腳板，不停把眼淚擦乾。

「嗚，多謝你喺我身邊。」

我也是第一次聽到阿德這樣說，哭乾眼淚就好了，無論如何也有我這位死黨在身旁呢！

Photo by @jojo___wu

畫於 2021 年 11 月 27 日

在地下鐵轉角遇到愛

愛的死結
Oi3 Dik1 Sei2 Git3

「BB，我好劫，可唔可以借個背脊嚟瞓下？」我與女友整週都留在大學圖書館，通宵達旦地趕畢業論文，我們沒精打彩，只想快點回家洗澡休息。

我們抱着背包，背對背站在美孚的月台候車。我們的頭互相靠着，身體向後傾斜 45 度角，與地面形成一個三角形，這樣會站得省力一點。女友不久便睡着了。

不一會兒，廣播說：「往中環列車即將到達」我用頭撞一撞女友，啊！怎麼我們的頭黏在一起了？我再用力向前拉，才發現頭髮打結了！女友也馬上醒來，我們彼此向前拉着打結的頭髮，但可能整個星期沒洗髮，頭油把我倆的頭髮緊緊地黏住，怎樣也拉不開。為了搭上尾班車，我們只好就這樣走進車廂。

Photo by @mtrsleepers

畫於 2021 年 11 月 21 日

在地下鐵轉角遇到愛

留有餘溫的扶手
Lau4 Jau5 Jyu4 Wan1 Dik1 Fu4 Sau2

在搭地下鐵回家的路程中，我在 Facebook 看到男友要結婚了，但身旁的女生不是我。我看着他們的婚禮合照良久，想不到我有甚麼比不上她，我比她美，身材更好，我與他一起的時間更長。男友也說他會離開這個女生，跟我在一起，怎樣最後新娘不是我？！

我要從網絡才得悉這件事，實在是太大衝擊，抬頭看一看前方，他們在我的眼前！我馬上走上前，把右手放在男友握着的扶手環上，尾指疊在他的左手上。我緊緊盯着那女生，叫她放開手，他是我的！男友不敢看我，把左手緩緩地放下，握着女生的手走向下個車廂。

我留在原地，握着還有餘溫的扶手。

Photo by @jojo___wu

畫於 2021 年 11 月 5 日

在地下鐵轉角遇到愛

在地下鐵轉角遇到愛

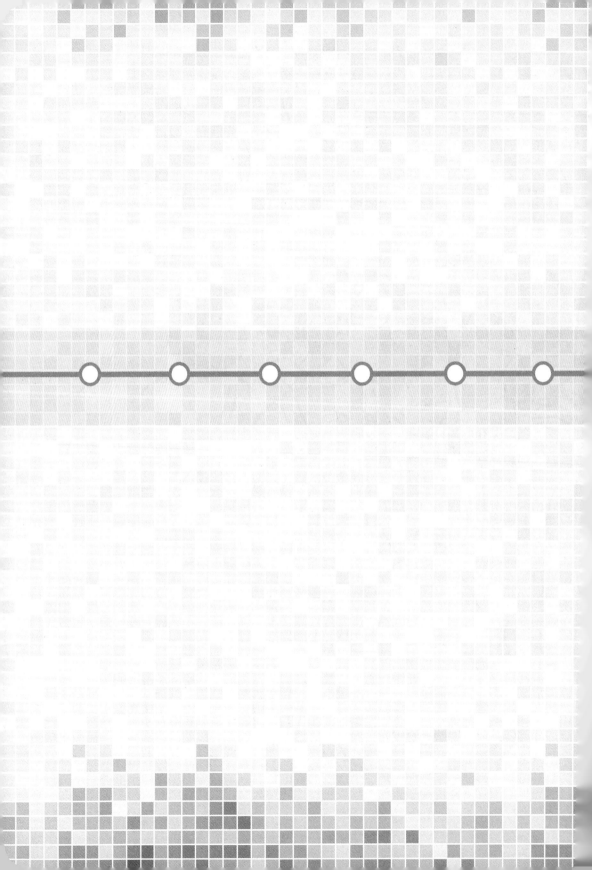

在地鐵發現可愛的小動物

Zoi6 Dei6 Tit3 Faat3 Jin6 Ho2 Oi3 Dik1 Siu2 Dung6 Mat6

第九章

如果有一日港鐵取消了不可帶動物進入站內的規例，人與動物都可以乘搭地鐵穿梭城市，而且小動物會有專屬的八達通，還有很細小的動物閘門⋯⋯

你說好不好呀，阿喵、阿狗？

導盲犬小白
Dou6 Maang4 Hyun2 Siu2 Baak6

「唔該，唔該，我做緊嘢呀，帶緊主人返屋企，大家可唔可以睇少一陣手機，讓一讓路呀？」導盲犬小白心裏常常這樣說。牠每天帶着主人由觀塘海濱走到地鐵站，可是觀塘的人太多，大家還常常一邊看着手機，一邊走路，沒有人理會小白的工作，沒有人讓路給他們，令小白的工作難上加難。

在擠擁的鴻圖道上，小白輕輕吠了幾聲，旁邊的女士抱着小狗，小狗回應牠：「唔使怕！我阿媽帶住你哋行！」小白雙眼發光，是出現救星嗎？突然！女士用念力把鴻圖道的人停下來。這女子是何方神聖？小白帶着疑問，沿路經過被定格的路人，安全帶着主人到地鐵站。

念力忽然停止，鴻圖道也回復正常。他們走進車廂內，小白帶着疲倦的身軀，躺在地上，主人摸一摸小白的身體，「辛苦了，好好休息一下吧。」

Photo by @mtrsleepers

Photo by @mtrsleepers

畫於 2022 年 7 月 13 日

Please be quiet. Let our dogs to take rest !!

在地鐵發現可愛的小動物

9.1

在地鐵發現可愛的小動物

拯救社恐奴才大作戰
Cing2 Gau3 Se5 Hung2 Nou4 Coi4 Daai6 Zok3 Zin3

我的奴才阿強有社交恐懼症，他在社交場合會感到極度焦慮和害怕，作為阿強的主子，我阿喵決定要幫一幫他！

這天阿強要到旺角買高達模型，我在他出門時，待在他的腳邊，說：「喵喵，喵喵喵喵喵～（阿強，帶我出街街！）」，阿強發現我不似平日那般冷傲，便說：「你係咪想出街呀？」阿強摸一摸我，見我沒有反抗，便拿起貓袋帶我出去了！

我內心非常興奮，誰知阿強剛在車廂坐下便睡着了。天啊！明明是要幫你認識人類的啊，怎麼能睡着呢？但是我沒有放棄，繼續任務，我看到對面有個女孩子，噢！她也看着我！「喵喵～喵喵～（阿強，阿強！）」，他還在睡夢中，我向她揮手，女孩跟我說下次一起出去玩吧，「喵喵～喵喵喵喵喵喵喵喵～～（好呀，記住傳訊息給我呀！）」沒想到今天是我認識到新朋友，而阿強卻睡得很飽……

Photo by @mtrsleepers

畫於 2022 年 11 月 21 日

在地鐵發現可愛的小動物

在地鐵發現可愛的小動物

貓之救護車
Maau1 Zi1 Gau3 Wu6 Ce1

「嗚～ 嗚～ 嗚～」貓之救護車收到貓星人在地鐵的求救，我們正在用光速，由金魚街駛到太子站。

我們從救護車看到巨人們的鞋子，他們大踏步行得很急促，我們需要左閃右避，避開每位巨人，不可以被他們踢到。最後我們用了 5 分鐘才到達太子站 B 出口，由扶手電梯滑落到地面，經 Body Store 和 B1 bakery，終於到閘口了！

我的拍檔叫着「究竟病人去咗邊？！」我們在救護車左顧右盼，原來貓病人躺臥在月台上，旁邊有嘔吐物。我們馬上從救護車飛撲進行救援。「貓星人總部、貓星人總部，貓之救護車 Calling，Over！」「地球太危險，請馬上帶病人回貓星進行治療，Over！」「Roger！」我們抬起病人送上救護車，響起救護車嗚笛，駛出太子站，一起飛到貓星球去。

「救援行動成功，請貓之救護員繼續下個任務！」「總部，收到！Over！」

Photo by @moving_drawing

Photo by @moving_drawing

畫於 2022 年 4 月 11 日

在地鐵發現可愛的小動物

貓星人入侵
Maau1 Sing1 Jan4 Jap6 Cam1

「我宣佈貓星球已侵略香港！」貓貓大佬舉起雙手，揮動貓星球旗幟，在時代廣場的大電視宣佈。整個銅鑼灣頓時鴉雀無聲，巴士、的士、小巴馬上停駛，乘客看着大電視，大家目瞪口呆。

在勿地臣街的主人抱着貓咪，貓貓的眼睛由棕色變成紅色，主人大叫着 "What is happening in Hong Kong?"，有人尖叫 "Something is happening in Hong Kong, can't stay in Hong Kong!"

在一夜之間貓星球侵略香港的新聞已登上時代雜誌封面，外媒在地下鐵也拍到一張驚人相片：貓星人坐在手推車上，旁邊有更多的貓咪圍着坐在車廂中的男人，估計牠們用貓之眼施行法術，令男人神志不清，昏倒在手推車上。外媒描述男人被送到醫院，可是醫院也變成貓醫院，究竟男人的下場如何，無人知曉。而香港可否變回之前一樣？可能只有貓咪才知道了。

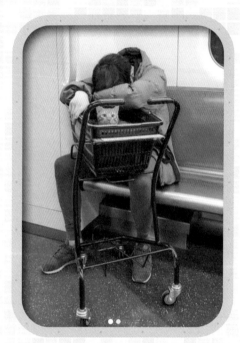

Photo by @ mtrsleepers

Photo by @ mtrsleepers

畫於 2021 年 11 月 6 日

在地鐵發現可愛的小動物

大閘蟹姊妹花
Daai6 Zaap6 Haai5 Zi2 Mui6 Faa1

「你都打橫行嘅！」「咪呀！大閘蟹、螃蟹、花蟹都係打橫行，你有見過蟹係打直行嘅咩？」腦袋少根筋的八爪魚跟大閘蟹姊妹花唇槍舌劍，他們在討論一條自然科學問題：「為甚麼螃蟹是橫着走？」

世界上可能有 90% 的人也不知道原因，而我也是其中之一！如果我現在不是要通過地鐵閘機，剛好聽到牠們的對話，我也不會去想這個問題。「咁好呀！我哋試下打直行囉！」大閘蟹兩姊妹嘗試走出第一步，在旁邊的我，感覺是在看美國太空人第一步踏上月球一樣。「搞唔掂呀，家姐，my leg is breaking now!!!」「我都唔得呀，仲叉錯腳卡住咗喺八爪魚嘴上面，拎唔返出嚟啊！」

八爪魚奮力把嘴巴張開，大閘蟹家姐用力把腳抽出，「真係唔好意思，八爪魚大叔，蟹真係要打橫行！」八爪魚的嘴巴流着血，一邊哭一邊看着她們橫衝直撞、橫行無忌。

Photo by @jojo___wu

在地鐵發現可愛的小動物

在地鐵發現可愛的小動物

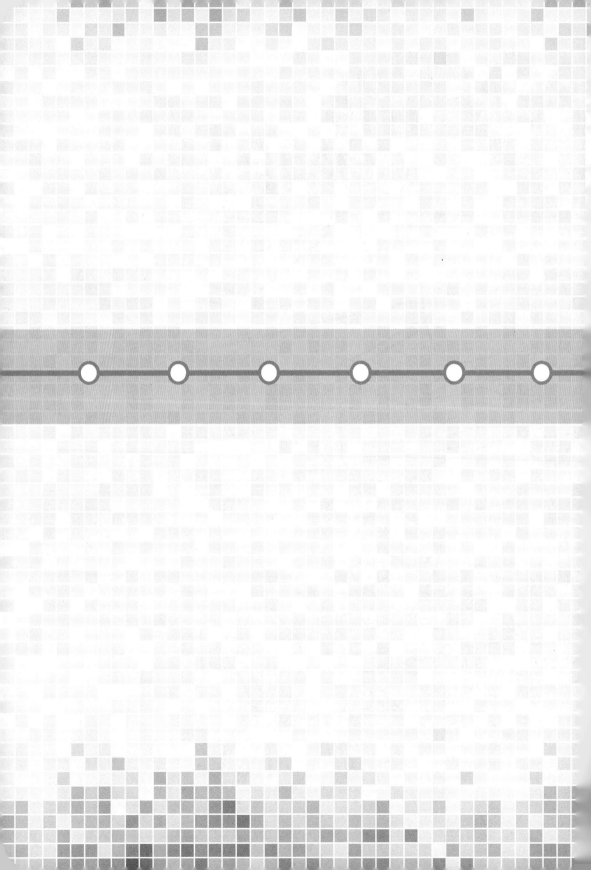

我的送畫小故事

Ngo5 Dik1 Sung3 Waa2 Siu2 Gu3 Si6

第十章

在 2022 年，第五波疫情籠罩香港，在口罩令之下，我們需要戴着口罩乘搭公共交通工具，在街上看不到大家的笑容，城市變得死氣沉沉。當時有兩位朋友發給我來自美國藝術家 Devon Rodriguez 的送畫短片，提議我在香港試試。我想香港需要一些正能量，感謝朋友的提議，就開始送畫之旅吧！

我的送畫之旅主要在假日進行，因為香港人在星期一至五趕着上下班，我也不想打擾大家忙碌的生活，倒不如在假日送上一份突如其來的禮物，讓大家有一個愉快的假日！

第一次的失敗與溫暖
Dai6 Jat1 Ci3 Dik1 Sat1 Baai6 Jyu5 Wan1 Nyun5

我在地鐵畫畫變了一種日常，不會刻意安排，而每個星期六我都會乘搭地鐵穿梭港九兩地，於不同地點教授畫班。在中段的「休息時間」，我都會從海怡半島返回太子的畫室，而這一天我在金鐘站，看到一個溫馨的畫面：一對父子緊緊擁抱着，平時很少會看到的畫面，我急不及待撕下畫紙進行記錄，希望可以把畫作送給他們。

沒想到我只畫下爸爸，還未畫兒子時，他們已經從尖沙咀站下車了！因為預計不到對方在甚麼時間下車，所以第一次送畫失敗而回。我不願服輸，馬上找到下一個對象，看着前方車頭位置，有一對母女呆呆的站着。媽媽幫女兒拿着一個大畫袋，畫袋上印有畫室的名字，我知道這間畫室是以比賽為本，教你一個 formula，如何在學校或公開考試中取得好成績，而並非培養學生對藝術的興趣。因此，我在作畫的時候心裏許願，希望這位小女孩長大後會喜歡畫畫，享受過程而非追求成績。

經過第一次經驗後，我趕快畫下母女，並於在太子中轉站拍拍媽媽的肩膊，跟她們說：「唔好意思，我啱啱畫低咗你哋，呢張畫送畀你哋！」媽媽收到畫作時，可能來不及反應，說了一聲「哦，多謝你」便離開。我遠遠地看着她們的背影，她們正仔細地看着手上的畫，原來把畫作送給陌生人的感覺十分溫暖！

畫於 2022 年 4 月 9 日

清潔姨姨
Cing1 Git3 Ji1 Ji1

我在大學修讀藝術時，每位同學會在工作室埋頭苦幹進行創作，到了最後一堂課堂，我們會稱為 "Critique"，學生會在課堂中互相評論和解釋作品的意念。因此在四年的學院教育中，我認為創作者都是一個人創作，然後一個人去面對問題。在我開始送畫之後，才慢慢地明白創作的另一個意義──原來藝術可以為作畫人和其他人互相帶來支持。

在兩年前的六月，我如常在星期六到海怡半島教授私人畫班。在畫班結束後，我在金鐘站走到荃灣線月台時，途中看到一位清潔姨姨目無表情地抹扶手電梯。在疫情之下，清潔工作變多了，我想用畫作給她一些鼓勵。

當我走上前送畫，看到姨姨旁邊有很多港鐵職員站着，我想快點送出畫作，以免給職員看到。我說：「Hello 姨姨，我頭先畫低咗你，辛苦你！」沒想到姨姨除下手套，接下我的畫作，她說：「啊～多謝，多謝，哎喲多謝你，點樣稱呼？」我還來不及反應，吞吞吐吐地說：「我姓雷，叫焯諾。」姨姨便說：「哦！雷小姐，多謝你，我會好好保存，你咁有心思嘅～」「係呀，哈哈，係呀，做得劫就休息下！」「好！唔該晒！多謝你呀！」姨姨說。

我把送畫短片上載到網絡上，沒想到收到大家很多留言，感謝我的窩心送畫行動，以及姨姨在疫情下的付出。其實我反過來想感謝這位清潔姨姨，她讓我明白畫作可以帶給自己和別人一些鼓勵和支持。還有，這條短片讓我給更多人認識，我由一位半職創作者，展開了我的全職創作生活。多謝清潔姨姨改寫了我的一生，現在我每次經過金鐘站也會看一看姨姨在不在，希望有一天可以親口跟她說：「謝謝你！」

Video by @moving_drawing

畫於 2022 年 6 月 10 日

家人和朋友
Gaa1 Jan4 Wo4 Pang4 Jau5

很多人問怎樣才會收到我的地鐵速寫畫作，其實沒有一定的答案，不過從我的送畫經驗中，我會選擇三類朋友作為送畫的對象：

（1）一家人、朋友或情侶

（2）社會中默默付出和貢獻的人士

（3）在車廂不是玩手機，而是做有趣事情的人

有一天我在車廂內看到三位朋友乘搭地鐵，從他們的衣着猜想，應該是準備去水上活動。可是他們各自玩手機，並沒有跟大家聊天，假日應該是與家人朋友共處的時間，而不是處理手機的事。因此我就想，可不可以用畫作令大家放下手機呢？

我把畫作送給他們，三位都呆了，有一位女生說：「吓……好！多謝。」另外兩位也說：「多謝，拜拜！」過了幾天，我收到其中一位男生的信息，他發給我這張畫作的相片，說「搭地鐵被通緝了」，哈哈，這是很可愛的一個互動。我想，在我離開後，他們馬上展開話題吧！

每次送畫也會遇到意想不到的事，除了一班朋友的故事，還有很多一家人的送畫故事。其中有一位小男孩跟媽媽「扭

計」，媽媽說着「唔係呀！」雖然我聽不到他們完整的對話，但是我希望用畫作中讓媽媽原諒兒子，因為他很愛媽媽。畫中小男孩擁抱媽媽，上面寫着：" Mummy, I love you. Sorry for what I said." 媽媽在收到畫作的一刻，非常驚訝，她開心地說：「吓，咁快嘅，多謝你呀！好靚呀，（跟兒子說）快多謝姐姐～」

原來畫作的力量很大，馬上可以拉近人與人之間的關係，這也是一個原因，我想堅持送畫給大家。

畫於 2022 年 6 月 25 日

畫於 2022 年 6 月 4 日

在車廂做有趣事情的香港人
Zoi6 Ce1 Soeng1 Zou6 Jau5 Ceoi3 Si6 Cing4 Dik1 Hoeng1 Gong2 Jan4

其實在地鐵畫畫是一件很舒服的事，沒有人會打擾我，因為大家都忙着看手機。正因為人人都看手機，我會更加留意有沒有人在地鐵做有趣事情，並會將畫作送給他們。

有一天我看到兩位男生在狹窄的車廂玩「玩具」，其實我不知道是甚麼，所以在送畫的時候說：「因為我好少見到有人喺香港玩呢個玩具，所以我畫低咗你哋，呢張畫送畀你哋～」沒想到網絡世界很強大，有網民回覆這是日本傳統運動：劍玉，更有一位 2022 年取得國際雜耍比賽的冠軍——Ho Lam 留言說他就是用劍玉參加比賽，我才認識到這項傳統玩具和運動呢！

除了在車廂練習劍玉，我也遇到編織毛衣的女士、用小畫本畫塑膠彩的女生、在趕功課的中學生、閱讀《棋魂》漫畫的叔叔、一起閱讀故事書的父女等等。乘搭地鐵不一定要看手機，有時候做自己喜歡的事，或者會令這一天變得不一樣呢！

ho_lam_ 76w
呢個唔係玩具嚟架 😶 係日本嘅傳統運動 我都係用佢去參加雜耍世界賽 🛹
Reply Hide See Translation
76

moving_drawing 76w
@ho_lam_ 多謝你告訴我 剛剛看到你的比賽短片 好厲害！加油呀！🙌
Reply See Translation
14

gosh.ux3 76w
劍玉
Reply Hide See Translation
2

moving_drawing 76w
@gosh.ux3 謝謝你告訴我～
Reply See Translation
2

畫於 2022 年 9 月 17 日

畫於 2023 年 8 月 27 日

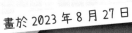

畫於 2022 年 7 月 29 日

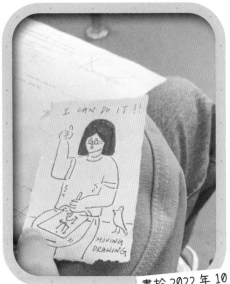

畫於 2022 年 10 月 22 日

我的送畫小故事

嫦娥與我
Soeng4 Ngo4 Jyu5 Ngo5

我不時會收到讀者的信息，他們問：你有試過來不及送畫嗎？事實上，我經常會遇到這種情況，香港人的生活節奏十分急促，我無法知道乘客甚麼時候下車，我可以做到的事只有盡快畫，有時他們忽然下車，我會跟在後面，把畫送給他們後才再繼續我的日程。

這次我遇到兩位「嫦娥」，一位在我前方，而另一位是站在車卡接駁通道。我不是常常遇到「奇人奇事」，所以當刻我馬上拿起畫筆，希望可以快快畫好，送給「嫦娥」，可是「嫦娥」很快與「黃大仙」見面。時間太短，只好用手機拍下她們，再在畫本完成畫作。

我當晚在社交平台分享畫作，沒想到其中一位「嫦娥」留言，說當天是漢服文化節，她們穿上漢服去參加活動，難怪我當時看到很多漢服女生下車呢！我跟她說：「當時想送畫給你，可惜時間不夠，只能在後期記錄。」她回覆說：「不要緊，謝謝你的畫作」，也問我可否把畫作放在漢服活動的短片中，我說：「當然可以！」沒想到我跟「嫦娥」也有些緣分，感謝我們遇見。

畫於 2022 年 9 月 11 日

我的送畫小故事

畫到一半，乘客下車，怎麼辦？

Waak6 Dou3 Jat1 Bun3, Sing4 Haak3 Haa6 Ce1, Zam2 Mo1 Baan6?

如果畫作只畫一半，乘客便下車，你會怎麼辦？

記得有一個星期六早上，我坐在東鐵的頭等車廂，坐在我前方的女士目無表情，我在想是不是六天的上班族呢？不如用畫作給她一點安慰，可是畫作只畫到一半，她便下車了。我帶着沮喪的心情，把畫作收起後，便開始畫另一位乘客。幸好，畫作成功送到這位乘客的手中，我馬上在社交平台分享短片。

在中午時段，我收到一個新信息，沒想到是剛才「畫到一半」的女士發信息給我！她說她是我的讀者，剛才坐在我的對面，看着我畫她，但是她趕着下車所以沒有等我畫好就要走了。我既驚訝又開心地回覆她，還把完成了一半的畫作發給她看看。畫作雖然未能成功送出，但是我們卻能再次連結，感覺太神奇了！

畫於 2022 年 9 月 23 日

食檸檬的經歷

Sik6 Ning4 Mung1 Dik1 Ging1 Lik6

我平時會把所有送畫的短片，不論是成功送出，或者是被拒絕，都會上傳到社交平台。而我第一次被拒絕收畫的經歷，是一個北印度的家庭。

我在畫畫的時候，其中一位中年女士坐在我旁邊，而對面是一位老伯伯和小男孩。女士看着我作畫，我想太好了，一會兒可以送給他們。他們在會展站下車，我跟隨他們的背後，用英語說：〝Morning, I just draw your family.〞 沒想到他們沒有回望過來，輕輕地揮動左手，暗示不要了，我把腳步收起，短片也在這裏停下來了。

網絡世界往往超越我的想像，短片上傳到社交平台中，分別有小男孩的學校老師、老伯伯的孫子聯絡我，解釋他們剛剛從北印度到香港，因為聽不明英文，很抱歉沒有收到畫作，希望我不要難過呢。謝謝你們的信息，畫作雖然送不出，但是感受到大家的愛。

畫於 2022 年 10 月 7 日

初嘗在台灣捷運送畫
Co1 Soeng4 Zoi6 Toi4 Waan1 Zit6 Wan6 Sung3 Waa2

去年五月的台灣旅程，我好開心可以與陳鈞同老師畫畫，感謝香港讀者 Sunny，促成這次港台交流。Sunny 在他的畢業論文中訪問了退休大學教授、畫家陳鈞同老師，陳老師常常於台北捷運進行速畫，因此我們就相約於台北，一起畫畫，感受一下台灣的氣氛。

老師先安排由頂溪站搭到淡水，再在淡水老街隨意地畫畫。老師的畫紙比我的小畫本大兩倍，也帶了塑膠彩和畫筆。老師問為甚麼你不上顏色，我說香港的節奏比較快，我只可以做點線面。

我們的畫畫方式截然不同，老師在捷運上會先向乘客點頭示意，問我可以畫你嗎？對方點頭後代表可以畫，老師便會作畫，大概三分鐘完成線稿，繼而上色。畫完後老師會給他們看看，大家笑容滿面，取出手機拍照，說老師好厲害，給讚！在過程中更有一位叔叔主動做模特兒，我也是第一次遇見，這是一件多麼美好的事。

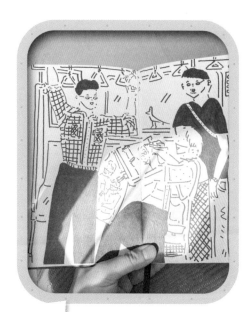

畫於 2023 年 6 月 5 日

而我在回程中，初嘗在台北送畫。我畫下一對情侶，並走到他們面前送出畫作。他們真摯的笑容烙印在我腦海中，老師看到後也給讚，還分享很多創作和教學經驗，提醒我藝術家的路是自己走出來的，他也是有老師指教才開始創作，慢慢地於不同的時間畫出風格不一樣的畫作。感謝陳老師教導、陳大姐和 Sunny 的安排，我們下次在台灣再見！

陳老師（左）和 Sunny（中）與我合照。

陳大姐（左）和陳老師也跟我留影一張。

地下鐵事件簿
Dei6 Haa6 Tit3 Si6 Gin6 Bou2

附
錄

不論陰晴，我們都要離開被窩，搭地鐵上班去、
上學去，當你在「逼沙甸魚」逼得懷疑人生時，
不妨看看四周，可能你也會發現一些趣怪、惹笑，
甚至是很有愛的事情！

這次輪到你用眼觀察，用心記錄可愛的香港人、
香港事！歡迎你把畫作、相片或文字與我分享！

（ig: @moving_drawing）

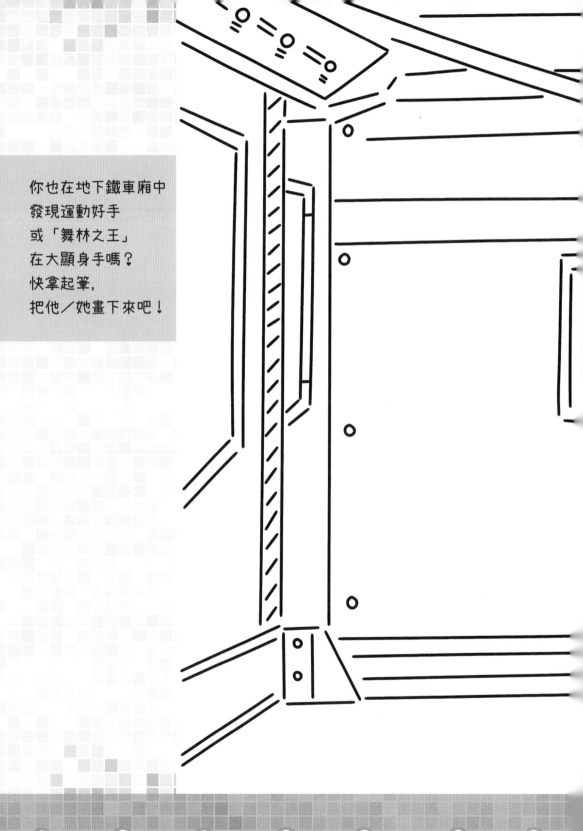

你也在地下鐵車廂中
發現運動好手
或「舞林之王」
在大顯身手嗎？
快拿起筆，
把他／她畫下來吧！

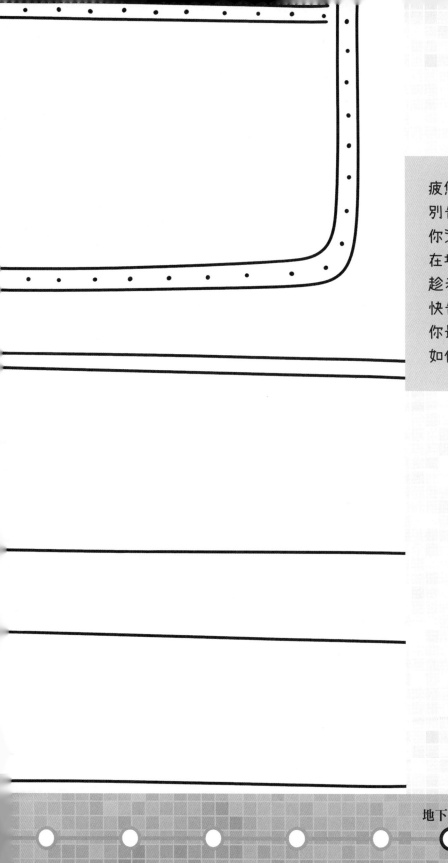

疲憊的香港人，
別告訴我，
你沒有試過
在地鐵上睡覺！
趁着人不多，
快告訴我
你最想在地鐵上
如何大睡特睡？

地下鐵事件簿

如果有一天
地鐵刪除了
不可帶動物
進入站內的規例,
你覺得會在月台上
看到甚麼動物
在候車?

中
Cent

今天又是疲倦的一天嗎？
邀請你用筆，記下今天遇
到的一個人或一件小事
情，再與我或你的親朋好
友分享。相信你的分享會
令人會心一笑，或者又哭
又笑、哭完又笑。來成為
下一個Moving Drawing/
Moving Writing 吧！

繪著
Moving Drawing 雷焯諾

責任編輯
李欣敏

裝幀設計及排版
羅美齡

出版者
萬里機構出版有限公司
香港北角英皇道 499 號北角工業大廈 20 樓
電話：2564 7511　　傳真：2565 5539
電郵：info@wanlibk.com
網址：http://www.wanlibk.com
　　　http://www.facebook.com/wanlibk

發行者
香港聯合書刊物流有限公司
香港荃灣德士古道 220-248 號荃灣工業中心 16 樓
電話：2150 2100　　傳真：2407 3062
電郵：info@suplogistics.com.hk
網址：http://www.suplogistics.com.hk

承印者
中華商務彩色印刷有限公司
香港新界大埔汀麗路 36 號

出版日期
二〇二四年七月第一次印刷

規格
16 開（170 mm ×230mm）